世说诗歌中的魏晋南北朝

明轩公子／著

中国铁道出版社有限公司
CHINA RAILWAY PUBLISHING HOUSE CO., LTD.

图书在版编目（CIP）数据

世说诗歌中的魏晋南北朝/明轩公子著. —北京：中国铁道出版社有限公司，2021.3

ISBN 978-7-113-27392-7

Ⅰ.①世… Ⅱ.①明… Ⅲ.①古典诗歌-诗歌研究-中国-魏晋南北朝时代 Ⅳ.①I207.22

中国版本图书馆CIP数据核字（2020）第229735号

书　　名：世说诗歌中的魏晋南北朝

SHISHUO SHIGE ZHONG DE WEI-JIN-NANBEICHAO

作　　者：明轩公子

责任编辑：乔建华　　电话：（010）51873445

封面设计：闰江文化

责任校对：焦桂荣

责任印制：赵星辰

出版发行：中国铁道出版社有限公司（100054，北京市西城区右安门西街8号）

网　　址：http://www.tdpress.com

印　　刷：三河市航远印刷有限公司

版　　次：2021年3月第1版　2021年3月第1次印刷

开　　本：710 mm×1 000 mm 1/16　印张：12　字数：90千

书　　号：ISBN 978-7-113-27392-7

定　　价：46.00元

前言

我们所处的时代瞬息万变，程度虽然达不到“沧海变作桑田”，但也能时时感受到这个时代的变化。在这变化之中，历史往事虽历经千年，可时代改变的仍只是其外观，不变的是其本质。古人常说：“读万卷书，行万里路。”而今天，我们则习惯称其为“生活不止眼前的苟且，还有诗和远方”。什么是诗和远方？这个概念似乎有些宽泛，不妨就以现实举例，说一说这“诗和远方”。

我有一位资深的读者朋友，我在网络平台发布的每本书草稿，他都仔细地浏览过，甚至我的《天命风流：刘骏评传》还摘选了他的一则评语。他的网名为四驱无限，是长沙纳新茶业有限公司的总经理。和普通的生意人不同，他的生活并没有完全被“现实生活的苟且”所占据。每年他都要花一个多月的时间，自驾数千公里，游览一下祖国的名山大川，抑或是历史遗迹。长城烽燧、古勒寨、敦煌莫高窟，这些地方都留下过他的足迹。而在自驾的旅程中，他的车内总会堆着一些纸质书。他曾坦言，晚上休憩时，关掉手机，静下心来读读书，算是在自己的旅程中做了一种很好的调剂吧。即使如此，他仍会和我说这么一句话：“去过的地方不够多，读过的书不够足，可人生却已经走过半辈子了。”

当你的足迹踏遍很多地方，
也许你的内心深处，
便会萌生更多的愿想。
原来，
追求诗和远方，
从来不是一蹴而就的事情。

但是，我很庆幸，在自己的朋友圈中，时至今日，依然还有人在追逐着诗，追逐着远方……

古人其实比我们更为艰辛，农业社会春耕秋收的劳作规律，限制了很多人的想象，许多人似乎一生囿于一亩三分地。但他们中的那些理想主义者仍用笔墨，为我们留下了那么多吟诵至今的诗歌。或许，他们便是最早的一批带着镣铐跳舞的舞者吧？

诗歌是一种载体，在诗歌中既有吟诵中华山川之雄壮，亦有描摹田园之风光。有将其着墨于山水画之侧，也有将之镌刻于名胜古迹之前。而这其中，吟咏朝代兴衰、感时伤逝的诗词，尤其与魏晋南北朝相关的咏史怀古之诗词，蔚为壮观。

魏晋南北朝的历史是纷繁复杂的，也是绚烂多姿的。那么，这前后跨度 300 多年的魏晋南北朝，何以引发后人无尽的喟叹？

有人说，这是因为贯穿于这段历史中的遗憾吧？祖逖北伐的壮志未酬、刘裕南归的功亏一篑、苻坚淝水的折戟沉沙……这些瞬间的遗憾，随着时间的拉长，在后人心中愈发显得邃远。

也有人说，这是因为浮现于各个阶段的乱世佳人吧？从“贾氏窥韩”到“绿珠坠楼”，从“庭中咏絮”到“顾影自怜”……魏晋南北朝红颜众多，也许总有一些故事能激起人心中的涟漪。

诗歌展现远方，历史勾勒过往。当历史与诗歌相互碰撞，也就有了这本书的问世。在此之前，我已经创作了不少与魏晋南北朝相关的书籍，而这一次，我另辟蹊径，从诗歌入手，用诗歌展开，讲述一个个短促的小故事，让你用碎片化的时间也能很好地领略魏晋南北朝的历史。

目录

第一章　帝王风采

魏武挥鞭，东临碣石有遗篇

——从三首诗词，看曹操

大雨落幽燕，白浪滔天，秦皇岛外打鱼船。一片汪洋都不见，知向谁边？

往事越千年，魏武挥鞭，东临碣石有遗篇。萧瑟秋风今又是，换了人间。

——毛泽东《浪淘沙·北戴河》

1954 年夏，毛泽东主席在游北戴河期间，写下了这首词。这首词写的是大破乌桓后凯旋回朝之际，途经渤海口，乘兴东临碣石的曹操。此时的曹操踌躇满志，意气昂扬。

由于电视剧《三国演义》对曹操进行了艺术化处理，大家对于这位曹魏的奠基人似乎是既熟悉又陌生。

历史上的曹操究竟是一个什么样的人物呢？如何评价曹操的一

生？或许，这些问题让我们难以回答。我们不妨从曹操的三首诗词入手，由诗词去窥探他的心路历程。

蒿里行

关东有义士，兴兵讨群凶。
初期会盟津，乃心在咸阳。
军合力不齐，踌躇而雁行。
势利使人争，嗣还自相戕。
淮南弟称号，刻玺于北方。
铠甲生虮虱，万姓以死亡。
白骨露于野，千里无鸡鸣。
生民百遗一，念之断人肠。

这首诗的大意是说关东联军为了讨伐董卓而齐聚孟津（今河南孟津东、孟州西南），然而却各怀鬼胎，钩心斗角，甚至互相攻伐。更令人伤心的是，因为连年的战乱使士兵长期不能解甲，身上生满了“虮虱”，众多的百姓也因连年战乱而大批死亡。尸骨露于野，无人收埋，千里没有人烟，也听不到鸡鸣。能存活下来的太少，想到这里令人极度哀伤。

从这首诗中，我们不难发觉曹操他憎恶各地豪强的钩心斗角，怜悯无辜死难的百姓。试想一下，一个具备这样情怀的人，又有多少人会将他和后世人们口中的“奸雄”形象相联系。

翻阅曹操的早年事迹，他给后人的最初印象是一个“侠义昭彰，恪尽国事”的正直形象。

公元 174 年，年仅 19 岁的曹操凭“举孝廉”进入了官场，当时的他因为出身被士族子弟蔑称为“阉宦之后”。当时东汉经历两次“党锢之祸”后，士族和宦官俨然成了一对死敌。在这样尴尬的境遇中，曹操做出了他人生第一个重大的抉择。这一抉择让他与宦官集团彻底割裂开来，而这件事便是“棒杀蹇图”。

这一年，曹操被任命为洛阳北部尉。洛阳作为东汉都城，是王公贵族聚集之地。这些王公贵族不把王法放在眼里。曹操一上任，就申明禁令、严肃法纪，造五色大棒十余根，悬于衙门左右，告谕“有犯禁者，皆棒杀之”。而当时受汉灵帝宠幸的宦官是蹇硕，而蹇硕的叔叔蹇图便因此在洛阳肆意妄为。一日，蹇图违禁夜行，被曹操逮了个正着，曹操毫不留情，将蹇图用五色大棒打死。至此之后，史载“京师敛迹，无敢犯者”。

有人说曹操此举是“沽名钓誉，故意谄媚士族”，也有人说曹操是“初生牛犊不怕虎”，但在这件事上，曹操确实是做到了秉公执法。当然，曹操也付出了代价，他被汉灵帝贬到地方做县令去了。

一晃十年，曹操迎来了他人生的另一个转折点。公元 189 年，董卓进京，东汉王朝的主要矛盾从宦官与士族的对垒演化成董卓控制下的朝廷与各地豪强之间的矛盾。而这一次，曹操选择站在了各路豪强一边，他改名易姓逃出京都洛阳。曹操到陈留后，“散家财，合义兵”，且首倡义兵号，召天下英雄讨伐董卓。

然而，这场轰轰烈烈的“讨逆行动”却渐渐演化成各豪强之间的“钩心斗角，互相吞并”。在讨伐董卓期间，各豪强置酒高会，在董卓撤退至长安后，各豪强更是放弃追击。而当时敢真正追讨董卓的也只有曹操与孙坚二人，历史上没有“温酒斩华雄”，也没有“三英战吕布”。斩华雄的是孙坚，追击董卓的是曹操。

直到有一天，高举“义帜”的曹操开始转变，时势让其世故，那么历经千帆，彼时的曹操又是怎样一个人呢？

观沧海

东临碣石，以观沧海。
水何澹澹，山岛竦峙。
树木丛生，百草丰茂。
秋风萧瑟，洪波涌起。
日月之行，若出其中；
星汉灿烂，若出其里。
幸甚至哉，歌以咏志。

这首诗是曹操北征袁氏残余及乌桓后，在返途时所写。人到中年，功业已建，对任何人来说，都是一件值得欣慰的事情，更何况是曹操。回顾往昔，自关东军讨伐董卓后，曹操一路歼灭群雄，破陶谦，荡袁术，擒吕布，逐刘备，收张绣，破袁绍，渐渐将一个破碎的北方重新捏合成了一个整体。

这个时期的曹操相比自己年轻时已有了较大的转变，如果说年轻时的曹操是一个“满腔义气”之人，那么，此时的他渐渐变成为了实现一些愿景而不择手段。

此时，有一件事足以看透曹操的本性，那就是“屠戮徐州”。“徐州屠城”的起因是曹操的父亲曹嵩为躲避战乱，来到徐州避难。然而，他却被徐州牧陶谦手下杀害。当时刚刚入主兖州的曹操雷霆大怒，即刻点齐兵将东征徐州，以报陶谦等人的杀父之仇。史载：“初，曹操父嵩避难琅琊，时谦别将守阴平，士卒利嵩财宝，遂袭杀之。初平四年，曹操击谦，破彭城傅阳。谦退保郯，操攻之不能克，乃还。过拔取虑、睢陵、夏丘，皆屠之。凡杀男女数十万人，鸡犬无余，泗水为之不流，自是五县城保，无复行迹。”

寥寥百余字将这场残酷的屠杀勾勒得淋漓尽致。曹操为何要讨伐徐州，为何要屠城？有的人将他“报父仇”剔除开来，认为这是曹操对外扩张的一个必然结果，“屠城”恰恰体现了曹操为达目的不择手段。

龟虽寿

神龟虽寿，犹有竟时；

腾蛇乘雾，终为土灰。

老骥伏枥，志在千里；

烈士暮年，壮心不已。

盈缩之期，不但在天；

养怡之福，可得永年。

幸甚至哉，歌以咏志。

从这首诗中，可以感知，曹操年轻时的兵戈争鸣、气吞天下之势已经大减，取而代之的则是壮志难酬的落寞和对余生之福的诉求。

要说的是，每个人在不同时期、不同阶段都会有着不同的心路历程。青年时仗义、悲悯的曹操也许因为关东军的各怀鬼胎，而变为世故、狠辣以谋取天下的中年曹操。而中年时期的曹操同样会因为赤壁之战的失利而反思自己，进而蜕变为暮年尽弭刀兵。日出入安穷？时势不与人同。没有人是一成不变的，曹操也不例外。理解了这些，我们似乎明白了，当初感慨“白骨露于野，千里无鸡鸣”的曹操与屠杀徐州城百姓不眨眼的曹操终是一个人。

晚年的曹操被人们诟病为又一个王莽。王莽因为篡汉，历来被后人唾骂。

“周公恐惧流言日，王莽谦恭未篡时。向使当初身便死，一生真伪复谁知?”这是白居易对王莽评价。白乐天肯定了周公，否定了王莽。王莽上位后的改制更是造成天下大乱。王莽改革币制，使得百姓手中的钱越变越少；恢复井田制，招致朝野一致反对，各地纷纷起义，使新朝最终走向了崩溃。

相比王莽，曹操实际并没有自己登上帝位。严格地说，曹操的反面形象更多是因为《三国演义》的家喻户晓而被固化。在电视剧《新三国》中，曹操对自己评价有句台词：“昨日世人看错了我，今日他又看错了，也许明日还会看错。但我终究是我，我从来不怕别人看错我。”

生子当如孙仲谋

——孙权的彪炳战绩

何处望神州？满眼风光北固楼。千古兴亡多少事？悠悠。不尽长江滚滚流。

年少万兜鍪，坐断东南战未休。天下英雄谁敌手？曹刘。生子当如孙仲谋。

——宋·辛弃疾《南乡子·登京口北固亭有怀》

辛弃疾在公元1203年被起用为知绍兴府兼浙东安抚使，次年又被改派到镇江去做知府。镇江，在历史上曾是英雄用武和建功立业之地，此时成了南宋与金军对垒的第二道防线。这首词就是在这一背景下写成的。

这首词通过对古代英雄人物的歌颂，表达了辛弃疾渴望像古代英雄人物那样金戈铁马，收复旧山河，为国效力的壮烈情怀，饱含着浓浓的爱国思想，但也流露出报国无门的无限感慨，包含着对苟且偷安、毫无振作的南宋朝廷的愤懑之情。

辛弃疾非常敬佩孙权，不止一次地在自己的诗词中流露出对孙权的敬仰与赞叹之情！

魏蜀吴三足鼎立，可是孙刘曹三者实力相差较大。那么，何以有这么鲜明的差异？孙权究竟是不是一个善于开拓的君王？

看过电视剧《三国演义》的读者不难发现，“孙权经常是亲自带领十万人马被曹军痛打一番，最后灰溜溜地铩羽而归”。

那苏东坡笔下“亲射虎，看孙郎”的意气风发之少年，是否真的在面对曹军时这么不堪一击呢？

公元200年，号称“小霸王”的孙策准备发兵北上时，为刺客所伤，不久便去世了。他给弟弟孙权留下的地盘是一州四郡。东汉号称十三州，分别是司隶州、幽州、青州、冀州、徐州、豫州、兖州、并州、凉州、荆州、扬州、益州、交州。孙策虽然对外号称打下了扬州九郡，但实际上他只占据了丹阳、吴郡、豫章、会稽、庐江五个郡，其中庐江郡在孙策去世时脱离控制。

可知，孙权接班的时候，东吴也仅仅是强于公孙康和张鲁这样的割据势力，甚至都不如与其相邻的荆州刘表。那面对如此狭窄的领地，孙权当然要拓宽生存空间了，于是一连串的战斗也随之而来。

首先，孙权的第一战便是针对因孙策亡故而脱离孙政权的庐江太守李术，结果一战击杀李术，收其降兵三万余人。须知，庐江郡是当时扬州地区人口密度最大的一个郡，拿下了这样一个郡，对孙权来说无异于如虎添翼。

紧接着，孙权又开始了他生涯中的第二战——讨伐黄祖。公元 203 年至公元 208 年，孙权三伐黄祖，最终将其击杀，吞并江夏郡大部分。至此，孙权的领地拓展到了荆州地区。

这两次战争的胜利鼓舞了孙权，同时引来了曹操的不安。同样是在公元 208 年，统一了北方的曹操领兵南下，于赤壁迎战孙刘联军。最后，赤壁之战以孙刘联军获胜、曹操大败而宣告终结。

至此，孙权在击败曹操后，开始对曹操统治下的荆州展开了一系列争夺。电视剧《三国演义》为了凸显孙权的军事指挥能力弱，便将孙权刻画成屡屡碰壁的“战败家”。最典型的合肥之战，电视剧里孙权领兵十万，经过一番大战之后便灰头土脸地逃了回来。而实际上，在这次战斗中，孙权掣肘于自己的将领张昭在西线攻当涂不利，最后才撤出了对合肥的围困，虽然未取得胜利，但也不至于说成如此惨败。

总的来说，孙权在赤壁之战后的一系列争夺战中基本符合“开拓领地”这四个字。

而后，孙权又于公元210年发起了“交州战役”，将东汉最南端的交州也夺了过来，领地再次扩张。

之后，孙权又发动了旨在吞并整个荆州的第二次西征，其中“关羽大意失荆州”是读者耳熟能详的。孙权在夷陵之战中击败了刘备后，正式确立了对荆州地区的绝对统治。

夷陵之战后，孙权又紧急调整同盟方针，改“联曹取荆”为“联刘抗曹”，并在“石亭之战”中击败曹魏将领曹休。

“石亭之战”一年后，孙权登基称帝，建国号为吴，此时孙吴的领地有多大呢？孙吴所控制的是一个完整的交州和占据了七分之五以上的荆州和扬州。对比孙权刚刚接班之时，领地整整翻了三倍！“年少万兜鍪，坐断东南战未休。”此言非虚啊！

曹操荡平北方诸雄，屯田蓄兵，为魏国开创根基，是一个传奇性的君主。而刘备从一介布衣，漂泊江湖，几起几落，最终割据一方，开创自己的王朝，显然也是一位相当具有魅力的君主。那么，与他们鼎足而立的孙权呢？

其实，纵看孙权的一生，他并不平淡，甚至不输曹刘。

首先，孙权接班的时候才不过十九岁，这在东汉末期那批割据势力中是相当年轻的，也就仅仅年长于刘表的继承人刘琮。但是，年纪轻轻的孙权顺利地将濒临崩盘的东吴势力盘活了。

除了我们之前提到的孙权彪炳战绩，至少在他长达近半世纪的执政生涯中还做了以下三件大事。

首先，在经济上，曹操在战争中还能保持着充裕的粮食供应，全依赖于“屯田”政策。孙吴在“屯田”这方面做得也是相当好的。孙权在接替其兄主事不久，即开始推行“屯田”政策。东吴的“屯田”分军屯和民屯，设典农校尉、典农都尉、屯田都尉等职官管理。屯田兵且耕且战；屯田户只需种田，免除民役。屯田地区分布很广，屯田的军民多少不等，皖城的屯田基地有屯兵数千家，而毗陵的屯田民则有数万口。东吴屯田的规模可观，且多用牛耕，耕作技术也较先进。

其次，东汉时期的南方并不像今天这般富足，而是一片地广人稀、经济落后之地。恰恰因为孙权的存在，靠他对南方的开发，使得在这片区域中有了更为细致和有效的行政区划。号称“六朝古都”乃至今天的“华东第一省会”——南京市也是得益于孙权的开拓。

最后，在同盟关系上，为了对抗来自北方曹操的压力，孙权除了保持和刘备的联盟外，还致力于开拓新的盟友。为了联合辽东的公孙家族一同对抗曹魏，孙权还开拓了从江东地区到辽东的航线。而在这之前，只存在从江东到山东半岛，再到辽东的分段航线。除此之外，孙吴还致力于南方航线的开拓，沟通了从江东地区到海南岛的航线。更远甚至到达扶南（今柬埔寨南部）。

然而，部分后人对孙权所取得的功绩避而不谈，由此引发了无数人的感慨。正如南宋的刘克庄在《吴大帝庙》中叹息“今人浑忘却，江左是谁开”。

又过了百余年，朱元璋反元夺了天下，最后定都南京，开创了大明王朝。当他开始在为自己修建皇陵时，清理了陵区周围的诸多陵墓，唯独将孙权的陵墓保留了下来，并称其是个好汉。明太祖的一席话似乎拨开历史的层层迷雾，给这位曾经“坐断东南”的帝王定了一个公平的注脚。

“千古江山，英雄无觅孙仲谋处。”钟山之南的蒋陵默默历经千年风雨，似乎在为我们诉说着这位曾经的帝王……

至今巴蜀人，叹息后主禅

——“扶不起的阿斗”究竟是真是假

清霜凋百草，亦令脆者坚。

士不遇患难，智虑何由全。

玄德髀肉生，重耳十九年。

一为三国雄，一称五霸贤。

苟不辨菽麦，何足揽大权。

至今巴蜀人，叹息后主禅。

——明·杨基《感怀·清霜凋百草》

这首诗是明朝诗人杨基写的十四首感怀诗的其中一首。该诗围绕着“磨难出人才”的观点，先是举了刘备和重耳的例子：颠沛流离半辈子的刘备最后成了蜀汉之君，流亡在外十九年的重耳成了春秋五霸之一。而后话锋一转，指责连稼穑都不识、菽麦都不辨的人如何能成为独揽大权的皇帝呢？比如蜀汉后主刘禅就是这样一个人。

杨基出生在元明之交，祖籍是四川的，后来随着父亲迁到了吴中（今江苏省苏州市）。杨基与高启、张羽、徐贲为诗友，时人称为“吴中四杰”。杨基早年的时候曾经辅佐诚王张士诚反元，还官拜丞相府记室，但不久就辞官了。朱元璋后来统一天下，开始广纳贤才，杨基被征召为荥阳知县，官至山西按察使，后因谗言被罢官，并被罚服劳役，死于工所。杨基少时曾著《论鉴》十万余言。他又于杨维桢席上赋《铁笛》诗，当时杨维桢已成名流，对杨基倍加称赏：“吾意诗境荒矣，今当让子一头地。”杨基诗风清俊纤巧，其写的五言律诗《岳阳楼》，境界开阔，时人称杨基为“五言射雕手”。

这首诗是杨基何时所作已不得而知了，有人说是张士诚败亡后，朱元璋征召之前所作，也有人说是被谗言诬告夺官后所作。从其诗中提到蜀汉后主刘禅来看，杨基对刘禅评价并不高。那么，这“扶不起的阿斗”在历史上又是何种境遇，又如何败掉蜀汉的呢？

阿斗真的扶不起？刘禅真是个昏君，甚至愚钝的君主吗？

持反对意见的人认为，这是后世对他的抹黑。要了解为何有部分人会持这一观点，那就得从他们举证用的一些例子说起。

一是史料评价。

首先，在《三国志》中有这么一段记载，说诸葛亮对人称赞刘禅，听到称赞的人又将这件事告诉了刘备。刘备很高兴，在其遗诏中有这么一句话："丞相叹卿智量，甚大增修，过于所望，审能如此，吾复何忧？勉之，勉之！"简单来说，就是连诸葛亮都称赞刘禅智谋过人，那朕对身后事还有什么担忧的呢？刘备希望刘禅好好利用自己的聪明才智，努力学习成才。无独有偶，诸葛亮在《坐上与杜微书》中评价刘禅："朝廷主公今年始十八，天资仁敏，爱德下士。"

那么，要理解诸葛亮如此称赞刘禅，就得弄清楚这到底是实事求是，还是客套话。有人认为，诸葛亮不是阿谀奉承之人，而刘备也以识人著称，撰写《三国志》的陈寿更犯不着弄虚作假，所以，在最亲近、了解他的人眼中，刘禅绝不是像传说中的那么无能。可事实上，诸葛亮在某些情况下还真会奉承人。同样是《三国志・关羽传》记载："羽闻马超来降，旧非故人，羽书与诸葛亮，问超人才可谁比类。亮知羽护前，乃答之曰：'孟起兼资文武，雄烈过人，一世之杰，黥、彭之徒，当与益德并驱争先，犹未及髯之绝伦逸群也。'羽美须髯，故亮谓之髯。羽省书大悦，以示宾客。"

诸葛亮夸奖刘禅，目的是为蜀汉招揽人才（杜微）。用年少英明来提升蜀汉的形象，他对刘禅的较高评价是基于这样一个理由。

二是在位时间绵长。

很多人认为，刘禅在位时间绵长也是一个可以用来衡量的综合指标，毕竟“一个懦弱无为的君主是不可能在位那么久的”。诸葛亮只是辅弼了刘禅十一年，可刘禅四十年的皇帝生涯有一多半时间是在诸葛亮去世后。对于这个问题，我觉得刘禅能在位那么多年，很大的原因在于外部的形势。诸葛亮北伐过后，东吴的权臣诸葛恪也开始北伐，当时曹魏的主要防御方向从西南的蜀汉转到了东吴这边。这等于说在以后很长一段时间，东吴帮助蜀汉解了燃眉之急。

除了和东吴的战争，当时曹魏内部也是乱作一团。司马懿和曹爽争权，高平陵之变后司马懿开始逐步削弱曹氏宗族势力。紧接着反对司马氏专权的“淮南三叛”又相继发生，曹魏内部问题颇多。在此期间，刘禅又安然地度过了十多年。等到司马氏彻底掌握曹魏大权后，蜀汉的末日也就来临了。从司马氏发动灭蜀战役起直到蜀汉灭亡，仅仅三个月。若刘禅有才，何至于此呢？而五代十国时期，也有个人和刘禅类似——后蜀后主孟昶。孟昶在位三十一年，是十国中在位最长的，可是后来赵匡胤灭后蜀只用时两个月。孟昶得以高居帝位多年是因为他有才？不见得吧，只是外部强敌不怎么看中他罢了。真要灭他，不过是须臾之间。

三是笼络臣下。

有人说，刘禅善于笼络臣子。比如，诸葛亮死后，阿斗将军政大权分开，这就使得两者互相牵制，巩固了皇权。虽然姜维的九伐中原使得财政年年赤字，可阿斗谨记教诲，大力支持北伐。他还将自己的一个女儿嫁给关羽的孙子，并娶了张飞的两个女儿，先后册立为皇后，利用政治联姻将他父辈的关系进一步巩固。后来，司马家族掌握曹魏大权，夏侯霸（夏侯渊之子）被迫归降蜀汉。刘禅派人相迎，见面时特别解释了当年定军山之战，还指着儿子对夏侯霸说道："这也是你的亲人（张飞当年娶夏侯渊侄女为妻）。"把夏侯霸感动得眼泪哗哗地流，最终为蜀汉战死疆场。

刘禅为何后来要将军政分开，他是否已经意识到再有人像诸葛亮这样统揽军政大权，可能会引发内部的不稳定，还是因为后来接替诸葛亮的人不善于统军？我认为，后者的可能性大一些。接替诸葛亮的人叫蒋琬，蒋琬这个人起初是刘备要杀之人。当时刘备让蒋琬做地方官，结果蒋琬醉酒怠政，引得刘备要杀他，靠诸葛亮斡旋才捡回一条命，而后就一直跟随诸葛亮，但并没有什么出色的领兵才干。他在诸葛亮死后，居然提出了要走水路的建议，即从巴东伐魏，但被诸葛亮提名的“二号丞相”费祎给驳回了。还好蒋琬的计划没实施，否则，蜀汉灭亡得更早。

至于刘禅和关张后人的联姻，这些都是古代帝王所通用的套路，他这么做并不能显得他多么谙熟朝堂之道。而夏侯霸那件事不过是他的一次真情流露，我们可以认为刘禅本性善良，仅此而已。

后来，曹魏大将邓艾领兵逼近成都时，朝堂之上固然有诸葛亮之子诸葛瞻这样为国捐躯的人。但更多的人则是劝刘禅投降，尤其是谯周，刘禅听了他的建议，开城投降了。试想一下，当年曹操吞并荆州，兵锋直指江东的时候，孙权的处境并不会比刘禅好多少，可孙权手下却有鲁肃这样的人劝他誓死不降，而刘禅手下多是主降之人，所谓他笼络臣下又是从何谈起呢？

四是乐不思蜀。

这个成语也是与刘禅有关的，但认为刘禅聪明和认为刘禅庸碌的人都会以此为论据展开论述。说是刘禅归降后司马昭宴请刘禅，故意安排蜀汉的歌舞。在旁的蜀汉旧臣都为蜀汉灭亡感到悲伤，而刘禅却欢乐嬉笑，无动于衷。司马昭看见这种情形就对贾充说："想不到刘禅竟没心没肺到了这种地步，即使诸葛亮活到这时，也辅佐不了他，何况是姜维呢！"贾充说："不是这样，殿下您又怎么能吞并蜀汉呢。"

有一天，司马昭问他："是否会思念蜀地？"刘禅回答说："这里很快乐，不思念蜀地。"知道了这事，随侍刘禅的郤正就指点他说："如果司马昭再问起时，你应哭泣着回答说：'先人的坟墓都葬在蜀地，我是天天都在惦念着。'"后来司马昭再次问他时，刘禅便照着郤正教他的话回答。司马昭于是说："为何这像是郤正说的话？"刘禅听了大惊，睁眼望着司马昭说："您的话确实没有错。"左右的人都笑了。

从表面上看，刘禅是个没心没肺、庸碌无能之人。但也有人会反其道而行之，从反面去看这个问题。认为司马昭若想杀刘禅，可谓易如反掌，身为阶下囚的刘禅不可能不明白这一点。刘禅想要保全自己的性命，就必须让司马昭觉得他懦弱无能、不足为虑，而"此间乐，不思蜀"正是刘禅能保住性命的方式。在当时的环境中，这是刘禅最为明智的选择。

在这个问题上，有人援引李后主之死的案例作为证明。传说，李后主在投降后，动不动就写思念故土的诗词，最后被宋太宗以“牵机药”鸩杀。要说它是个传说，还有一个重要原因。传说宋太宗毒死李后主，有个主要原因是他看上李后主的小周后了，所以想杀掉李后主将小周后据为己有。

抛开真实性不谈，依我看，单从这两位宋朝皇帝历史上表现出的性情来讲，李后主的死在很大程度上，是身不由己，取决于上面是谁。李后主投降的时候是宋太祖赵匡胤在位。那个时候，李后主也写诗词，也没见宋太祖把他赐死。宽容如宋太祖，他自然能活命，就算他整天思念故国，宋太祖也不会杀他；但阴险如宋太宗，哪怕李煜整天谨小慎微，也未必能寿终正寝。

而且我们回过来再去看，很多判断是“事后诸葛亮”——因为有了李煜传说的死，才会去研究刘禅的生。假如没有李煜的事，没有这有些牵强的对比，那就该没有刘禅大智若愚的说法了吧？

那么，千百年来，究竟是世人都误解了刘禅，还是说他就是一个软弱无能、贤愚不辨、不战而降、苟且偷安的皇帝呢？不妨再来看看后世的学者对刘禅的评价。

孙盛：刘禅暗弱，无猜险之性。禅虽庸主，实无桀、纣之酷。战虽屡北，未有土崩之乱。纵不能君臣固守，背城借一，自可退次东鄙以思后图。

李特：刘禅有如此江山而降于人，岂非庸才？

常璩：主非中兴之器。

裴松之：刘禅凡下之主，费祎中才之相，二人存亡，固无关于兴丧。

孙盛是东晋的史学家，李特是十六国之成汉政权开创者李雄的父亲，常璩也是东晋的史学家，刘宋的裴松之更是注解了《三国志》。可见，在刘禅之后很长一段时间里，无论是史学界的泰斗还是后继称霸蜀中的枭雄，对刘禅的评价都是相对贬损的。

休夸此地分天下，只得徐妃半面妆

——梁元帝的人生

地险悠悠天险长，

金陵王气应瑶光。

休夸此地分天下，

只得徐妃半面妆。

——唐 · 李商隐 《南朝》

李商隐一共写过两首名为“南朝”的诗，诗中全不见南朝坐拥一方的雄伟，尽是对历史边角料似的花边故事的无限嘲讽。

在这首诗的前两句，李商隐虽然点出了南朝的山川形胜，但话锋一转便直接说道：“别以为占据长江天堑就可以划江而治、坐拥一半天下，到头来不过是得到徐妃的半面妆而已。”如果读者不了解半面妆的徐妃，就体会不出李商隐这首诗的意蕴。倘若你知道了徐昭佩的事迹，便会感慨，李商隐的这一立题，真是把南朝最深处的遮羞布扯下来了。

徐昭佩，南梁梁元帝萧绎的王妃。说她是王妃而不是皇后，是因为早在她丈夫当上皇帝的三年前，她就死了。但是就是这样一个王妃，她的故事却不逊于南朝诸多皇后。最为后世所知的是徐昭佩的半面妆和“徐娘半老”。

梁元帝在年少时，因染病导致他一只眼睛失明，而徐昭佩婚后对于这个身有残疾的丈夫，丝毫不留情面。徐昭佩每次见萧绎，就故意在一侧脸上精心化妆，另外半张脸则素面朝天，意思是说：“你不是只有一只眼睛吗？有半张脸给你看就足够了。”

至于“徐娘半老”这个词，更是将徐昭佩不守妇道描绘得淋漓尽致。夏氏贵妃因为给萧绎生下儿子（即后来的梁敬帝萧方智），便遭到徐妃的杖责，而徐妃本人是水性杨花。

起初，她与瑶光寺智远和尚私通，之后她又看上了萧绎身边的亲信暨季江。暨季江衣冠楚楚，深得徐妃宠爱。暨季江曾对人感叹：“柏直狗虽老犹能猎，萧溧阳马虽老犹骏，徐娘虽老仍多情。”这三句话的意思就是，柏直的猎犬老了也能跟随主人出猎，萧家的溧阳公主有匹老马却还矫健骏逸，而徐昭佩虽然是老女人却还风韵十足。“徐娘半老，风韵犹存”的说法自此流传开来。

看到这里，或许很多人要为萧绎打抱不平了，但帝王家的事哪有那么简单。萧绎本人阴沉自矜，刻薄猜忌，以权术逞其所欲。他的报复让人大吃一惊。

徐妃为萧绎生下长子萧方等，很受萧绎器重。可是后来萧方等战死后，萧绎立刻变脸，逼着徐昭佩自杀。徐妃自知难逃一死，遂投井自杀。徐妃死后，萧绎将她的尸体送回娘家，以示“出妻”，也就是休妻的意思。休活人古往今来不少，可这休死人，开天辟地或许是第一次。此外，梁元帝不光是对这个得罪了他的发妻痛下死手，对他的兄弟也是毫不留情。

公元548年，侯景之乱爆发后，梁武帝萧衍的儿子们在各自的封地纷纷割据自立，在乱世中互相攻伐，争夺地盘，全然不顾梁武帝的死活。而这些儿子中，尤以其第七子萧绎和第八子萧纪最为无情。

当时萧绎坐镇荆州，和侯景所占据的京师隔了一个他六哥萧纶的防区。整个侯景之乱中，萧纶平叛最为积极。然而，就在萧纶要重整旗鼓与侯景相斗之际，萧绎却和侯景先后发兵，瓜分了萧纶的领地。直到此时，萧纶才看清自己的七弟比侯景更为阴险和狡诈。

统领萧绎部队的人叫王僧辩。这个人曾经在当初侯景之乱爆发初期，勤王京师的时候表现消极，但在萧绎屠戮宗亲的兼并战争中甘当急先锋。正是此人最后率领部队杀进了长沙城，杀掉了萧绎的侄子萧誉。而下斩杀命令的，便是萧绎。

在萧绎包围萧誉于长沙时，萧纶曾写了一封言辞恳切的信给萧绎，劝萧绎退兵。可萧绎执意说萧誉有罪不肯撤军，更派了王僧辩攻打萧纶。

萧纶是这样失败的。在得到了萧绎的进攻命令后，王僧辩便气势汹汹地发起了对萧纶的总攻。萧纶的将领刘龙武等随即投降了王僧辩。萧纶知道自己已必败无疑，便对手下将士们说道：“我没别的想法，只想灭侯贼而已，现在固守，但早晚要弹尽粮绝的，还会被后世讥笑为同室操戈。但是，我也不能平白无故地束手被擒，只能逃了。”尽管余下的将士们纷纷请战，可萧纶还是拒绝了他们的要求，逃往齐昌。在齐昌，萧纶又为侯景军所击败，后逃至汝南。

逃到汝南的萧纶下场很凄惨，因为濒临宇文泰所执掌的西魏，并且又有人说他勾结东魏，准备东山再起。宇文泰为了以绝后患，便委派大将军杨忠前去击杀萧纶。在杨忠的精锐部队围攻下，萧纶残部很快便四散而逃，萧纶也做了杨忠的俘虏。战后，贪财的杨忠为了私吞萧纶的财宝，索性一不做二不休直接杀了萧纶并将其弃尸江岸。

之后，萧绎又继续对残存的宗室进行血腥的兼并和屠戮。其中，占据益州的萧纪是萧绎最后消灭的一个宗亲。为了能击败这个弟弟，萧绎更是不惜引狼入室，以益州地区作为许诺，引西魏的部队齐攻萧纪。最终，萧绎虽然灭掉了萧纪，但也将沃野千里的“天府之国”拱手让给了西魏。而萧纪战败后，两个儿子也落入萧绎手中。

对于这两个被俘的侄子，萧绎绝对是要斩草除根的。起初，萧绎先让人替自己委婉地转达，让这两个侄子选择自杀，这样死得体面。可是，这两个侄子哪里舍得去死啊。萧绎一看这情况，既然你们不想体面地死去，那我就让你们在饥饿中痛苦地死去吧。于是，萧绎将这两个侄子关进了牢房，不给他们饭吃。

没有饭吃，饿得实在不行的两个侄子只能啃自己的手臂。最后，这两个侄子在饥饿和恐惧中，熬了十三天被饿死了。

在中国数千年的封建历史长河中，杀戮宗亲令人发指的帝王不是很多。而萧绎做的另外一件事，更让后世史学家乃至文学家对他批判了千年，甚至盖过了他对宗室的杀戮，这件事便是“江陵焚书”。

公元 583 年，时任秘书监的牛弘上书“以典籍遗逸，上表请开献书之路”，并提出书籍的“五厄”之说：一为秦始皇之焚书；二为王莽之乱；三为董卓移都；四为西晋灭亡；五为南朝梁末魏师入郢，梁元帝下令焚书十四万卷。

这“五厄”便是历史上图书典籍遭受的五次灭顶之灾。这其中，以秦始皇“焚书坑儒”最为人所熟知，而“江陵焚书”造成的危害最大。

在政局趋于稳定之后，文化繁荣也随之而来。梁武帝统治时期，南朝的经济和文化达到了一个高峰，作为文艺爱好者的皇帝萧衍更是注重对图书的珍藏。

梁元帝萧绎虽然人品不堪，但也继承了其父对于书籍的热爱。考虑到侯景之乱中，藏在都城建康的书籍遭受一定程度的破坏，他继位之初便下令，将文德殿藏书运至新都江陵，并广收图书，所藏之书最多时达到十四万卷。

然而，当时是乱世，而以萧绎的个人能力，他无法抵抗进攻。由于之前他开门揖盗的行为，导致在西魏面前，梁军防线大开，国都江陵很快便被西魏军包围了。在皇帝宝座上仅仅坐了三个年头的萧绎便迎来了他的末日。

面对敌军的重重包围，萧绎仍然不敢相信，在短短几年时间，自己竟然落到了这步田地。他更不能相信，自己英明一世，竟然到头来落到这么个地步——我读过的书数万卷，我只用了两三年就平定了整个江南！为何我还会失败呢？

萧绎不断地思索着答案，自己到底错在哪个地方。没理由，不明白，自己这么一个全才的皇帝也会失败！

萧绎将自己失败的原因归结于读书太多，“读书读傻了”。于是，他下令将自己珍藏的十四万卷图书全部拿出来，将它们一把火烧光。

许多凝聚了古人智慧结晶的图书，在这场大火中遭到毁灭。望着这些被焚毁的图书，萧绎一声长叹：“文武之道，今夜尽矣！”

望着被焚烧完毕的灰烬，疯狂中的萧绎恢复了平静，喃喃地说了一句：“读书万卷，犹至今日！”十四万卷图书是什么概念呢？隋朝这个统一的王朝，初期藏书也才只有三万卷。

所以，从李商隐的这一首《南朝》诗中，我们没有看到刘裕的“金戈铁马”，也没有看到刘义隆的“元嘉之治”。萧绎抹去了后世文人对南朝诸多的美好遐想。

用宽用猛贵相兼，但尚刑威总太严

——难得糊涂的慕容盛

用宽用猛贵相兼，

但尚刑威总太严。

罚不当辜功不赏，

君臣怎得免猜嫌！

——清 · 蔡东藩 《两晋通俗演义》

历史学家蔡东藩曾作二十四史通俗演义，其中最为后人所推崇的当属《两晋通俗演义》《南北史通俗演义》。蔡东藩在其文章开篇也喜欢写一些开篇诗词，其中不乏精彩的诗词。

这首开篇诗就是蔡东藩写得比较好的诗之一。这首诗总结出了一个共性道理：治理国家要刚柔并济，以严刑峻法治理国家总是显得过于严苛。处罚和罪行不相当、有功之人也得不到奖赏，君臣之间怎么能不生嫌隙呢？这首诗是蔡东藩用来形容后燕皇帝慕容盛的，但是仔细想想，很多帝王的失策之处恰恰就验证了这首诗中所说的，只不过慕容盛表现得更为直接。

从慕容盛的人生轨迹来看，不得不说，慕容盛是真正诠释了“如何用生命去当皇帝”。

慕容盛，鲜卑族，后燕的中兴之君。十六国时期，慕容家族表现极为抢眼，历代英才辈出，可是内讧也是不断。慕容盛的爷爷慕容垂当初便是受到叔叔慕容评的猜忌，远走前秦，最后前秦军灭了前燕。慕容盛就出生在父亲和祖父寓居前秦的那个时期。

前秦在历史上昙花一现，在慕容盛十一岁的时候，便在淝水之战中走向崩溃了。而前秦一败，慕容垂便携带着几个儿子逃到关东，重新建立起大业，史称后燕。可慕容垂带出去的毕竟只是一部分族人，包括慕容盛等人都未能逃出关中，而滞留在关中的族众又在慕容冲的号召下建立了另一个政权——西燕。

但是，这个西燕政权从建立之初就是手段酷烈，把关中之地变成了一片废墟。另外，这个政权还闹内讧，年纪轻轻的慕容盛很快便反应过来：待下去肯定是个死，而且怎么死都不知道。于是慕容盛带着他的弟弟慕容会等人，寻找慕容垂去了。

在路上，他们遇上一伙强盗，而慕容盛毫不慌张，对强盗们说道：“想我堂堂六尺男儿，入火不焦，遇水不溺，你们也敢劫道？倒不如咱们赌一把：在百步之外把你手中的箭竖起来，如果我能射中，你们就应该小心自己的性命；如果我射不中，我们就随你们处置。”

年少的慕容盛说出的这番话，让强盗们大吃一惊，于是他们听从了慕容盛的建议，一段类似《三国演义》中“辕门射戟”的情节上演了。结果不出所料，慕容盛一箭射中了百步之外插在土堆里的箭镞。强盗们看呆了，纷纷说道：“您真是天生的贵种啊！”强盗们非但不打劫慕容盛他们，还反倒送了他们不少路费。慕容盛这次射箭的难度远远高于吕布的辕门射戟。要知道，吕布可是天生神力，当时已是威震天下的一方诸侯了，慕容盛与之相比，难度可想而知。

更神奇的是，找到慕容垂之后，慕容盛居然仅凭自己的记忆，将西燕军的部队布防图画了出来，慕容垂对自己的这位孙子刮目相看。

然而，慕容盛的好运到此便画了一个休止符，因为接下来等待他的是长达十余年的君位冷板凳生涯。原来，慕容垂后来喜欢上了和慕容盛一同逃出来的弟弟慕容会，而慕容盛的父亲慕容宝却中意于嫡子慕容策，慕容盛被边缘化了。

在坐冷板凳期间，慕容盛娶了兰汗的女儿兰妃。这位兰妃，与慕容盛的关系也是非常奇葩。兰妃的父亲是兰汗，而兰汗有个大姐，她是慕容盛的祖父慕容垂的母亲。从辈分上说，兰妃是慕容盛的长辈。

辈分大，不代表年龄大。《红楼梦》里有句俗语，便写出了这个现象，“摇篮里的爷爷，拄拐棍的孙儿——萝卜虽小却长在背（辈）上。”

公元 396 年，慕容盛的机会终于来了。这一年慕容垂病逝，慕容盛的父亲慕容宝继承了皇位。然而，这个皇位却显得风雨飘摇，因为就在慕容垂去世前一年，后燕与北魏爆发了一次战争，后燕五万精锐士兵被全部坑杀，后燕由此元气大伤。

慕容宝刚登基，反对他的兵变接二连三地爆发了，慕容盛则是在平乱中渐渐显示出才干。而北魏主拓跋珪见后燕内乱，也趁火打劫，大举南下，攻灭了后燕，慕容宝只能仓皇出逃。

这时候，慕容宝的亲家兰汗突然向慕容宝抛出了橄榄枝，表示愿意接纳他们，慕容宝便决定启程投奔。可是，这时慕容盛却眼光独到，他一眼瞧出来兰汗是想诓骗自己父亲去他那里后，一刀杀之。

慕容宝不顾慕容盛的提醒，带着手下投奔了兰汗，果不其然，很快慕容宝的脑袋便被挂上了城头。

这时，被留后方的慕容盛决定去龙城吊丧，众将一齐阻拦。而慕容盛却极其淡定地说了一句话：“我现在舍出性命，把我悲哀和困厄的情形告诉他。兰汗生性愚笨浅陋，一定会顾念翁婿的情分，不忍心杀我。一个月的时间，就足以施展我的才华。”于是，慕容盛进龙城吊丧。

果然，到了龙城之后的慕容盛在妻子兰妃和岳母的袒护下，躲过了兰汗一次又一次的暗杀。最后，慕容盛联络旧部，杀死了兰汗。比较残酷的是，兰汗全家，除了慕容盛的妻子兰妃，其余的人悉数被杀。

至此，慕容盛走上了自己的君王之路。慕容盛诛杀兰汗后，对百姓减免赋税，同时缩减军费，让破败不堪的后燕重新恢复了一些元气。可是，与之相对的是，对官员的要求，慕容盛所为到了极其严苛的地步。他吸取了自己父亲懦弱无能的教训，他对一些事情会亲自过问，贪官污吏以及不安分的皇亲国戚都死在了他的刀下。

“水至清则无鱼，人至察则无徒。”这句话对慕容盛很适合。慕容盛因为自己的严苛而将自己的朝臣置于不安和猜疑中，这是非常危险的。最后，忍无可忍的贵族们发动叛乱，袭击了慕容盛。慕容盛亲自指挥作战，在战斗中不慎被人暗中击伤。他强忍着剧痛，击溃叛乱者。随后，他把大臣们召集来宣布后事。等安排好一切之后，慕容盛安详地闭上了双眼，告别了身下的龙椅，也告别了他亲手重建的后燕，时年二十九岁，在位仅三年。

第二章　乱世红颜

贾氏窥帘韩掾少，宓妃留枕魏王才

——魏晋女子的“爱”情故事

飒飒东风细雨来，芙蓉塘外有轻雷。

金蟾啮锁烧香入，玉虎牵丝汲井回。

贾氏窥帘韩掾少，宓妃留枕魏王才。

春心莫共花争发，一寸相思一寸灰。

——唐 · 李商隐 《无题》

李商隐和杜牧合称“小李杜”，两人都是晚唐诗坛一流的才子，尤其是两人描绘爱情的诗歌，更是出类拔萃，隐晦却又余味悠长。李商隐在这首诗中，巧用典故，以六朝时期甄宓和贾午的故事，无比细腻地勾勒出一位深闺女子对爱情求而失的幻灭。

后人对六朝旖旎不恰当地抱有一种好事和煽情的发挥。在这里我们不妨就从李商隐诗中的甄宓说起，看看这种倾向。

甄宓很美，有“江东有二乔，河北甄宓俏”一说，曹植有才，所作《洛神赋》是千古名篇。于是，好事者就把二人联系了起来。当年曹操北征袁绍诸子，意外俘获了甄宓，甄宓的美貌让人心动，最终甄宓成了曹操次子曹丕的夫人。一本书中却写曹操的另一个儿子曹植也倾慕甄宓，还加上一个枕头的故事。

传说甄宓死后，曹植入朝去见曹丕。曹丕拿出甄妃曾用过的金缕玉带枕给他看。曹植睹物思人，大哭一场。到了晚上，甄宓之子宴请自己的叔叔时，把这个枕头送给了曹植。曹植揣着枕头返回封地，途经洛水时梦见甄妃，有感而发，写成了千古名篇《洛神赋》。

这个故事不合逻辑的让人感到好笑。很多古人都对这个故事做了批驳，也反对洛神是甄妃之说。

李商隐这首诗中的魏王更可能指的是曹丕。因为曹丕的王号才是魏王。这种臆造和胡乱拉扯是我不能苟同的。

我们下面再来看看贾氏的故事。诗里所说的贾氏是晋朝贾充的小女儿贾午。说起贾午，大家也许不熟悉，但是要提起她的姐姐，可是非比寻常，即大名鼎鼎的一代悍妇——贾南风。正是因为贾南风和其丈夫白痴皇帝司马衷的“完美搭档”，引发了西晋惨烈的“八王之乱”。

不用借上面的枕头故事。贾午的事见于正史。当时贾充手下有个叫韩寿的人，美姿貌，善容止。每当贾充宴请宾客幕僚时，他的小女儿贾午就在旁窥视，心中开始倾慕一表人才的韩寿。贾午旋即问她的婢女是否认得此人，有一个婢女说出了韩寿的情况。贾午十分思慕，整天都心神不定。婢女就去韩寿家，说出了贾午的心意，并说她的主人贾午艳丽过人。

韩寿也对贾午动了心。婢女把话传给贾午，贾午让韩寿晚上去她的住处。韩寿每次翻墙而入，不为贾府中的人所察觉。当时西域有人进贡奇香之物，一旦人接触它，则数月香味不退。皇帝把该物看得很贵重，只把该物赐给了贾充和大司马陈骞。

贾午与韩寿耳鬓厮磨之后，便把父亲的西域的奇香送给了韩寿。贾充的一个幕僚在与韩寿宴饮中，闻到韩寿身上的那种芬芳的香气，告诉了贾充。贾充于是严厉拷问女儿的婢女，婢女如实说了。贾充知道实情后，为了掩盖此事，便把女儿嫁给韩寿。

这件事看似是有情人终成眷属，但翻墙私会总不是正道，同时西晋世家大族的骄横和奢靡也让这件事看上去更像豪门的把戏。

公元300年，因为贾南风擅权揽政，赵王司马伦、齐王司马冏联合起兵，发动了对贾南风的政变。政变的结果则是贾氏一族被满门抄斩，其中也包括贾午和韩寿。明人陆采创作过一出戏剧《怀香记》，讲的就是这件事。把“偷香”作为一种可以用赞赏（至少是兴味）的眼光看待的风流韵事。显然失之格调，甚至有可能失之于真。但从李商隐的诗看，年轻人追求爱情的勇气才可能是他的取材之点？

说魏晋南北朝的女子，还不得不提羊献容。她的一生恰似那个时代风云变幻的真实写照。她是中国历史上绝无仅有的五废六立的皇后，也是唯一一位两朝皇后，一位乱世飘零的奇女子。

羊献容的第一任丈夫是众所周知的白痴皇帝司马衷，就是因为那句“何不食肉糜？”而贻笑千载的西晋皇帝。贾南风被废杀后，羊献容便由当权者孙秀保荐，入宫做了司马衷的第二任皇后。当然，也从那时候开始，她的人生将伴随着一次次的宫廷政变而起起落落。据史书记载，羊献容出嫁当天，衣中有火，这仿佛是她婚姻的不祥预兆。果然，孙秀安排羊献容进宫无非是做个过渡。很快，孙秀的主子赵王司马伦实际上废了晋惠帝司马衷篡了帝位。当时这位正值豆蔻年华的小皇后竟然要被人尊称为太上皇后。

后来，长沙王司马乂击杀了在司马伦之后掌权的齐王司马冏，控制了朝廷。成都王司马颖再联合河间王司马颙杀了司马乂，成都王司马颖随后掌权。司马颖以羊献容父羊玄之有罪为名，废了羊献容。东海王司马越等又讨伐司马颖，此时羊献容的后位得复。然而，仅仅几个月后，羊献容的后位又被进入洛阳的司马颙的大将张方废掉。此后，随着朝局的动荡变化，羊献容像走马灯似的上下，竟然是五立五废。

经过一番激烈地混战，西晋王朝的“八王之乱”终于落下帷幕，东海王司马越成了最后的胜利者。公元 306 年，晋惠帝回到洛阳，重新迎立羊献容为皇后。这就是她第五次被立后。然而，不久之后，晋惠帝司马衷便死了，传说是被司马越毒杀。司马越随即扶立司马炽登基，是为晋怀帝，羊献容则被尊为惠帝皇后，迁居弘训宫。自此，羊献容从众人视线之中消失，在清冷的后宫中等待着自己命运的下一次转折。

五年后，著名的“永嘉之乱”爆发。永嘉五年，石勒与刘曜等合攻洛阳，洛阳城被攻破。晋怀帝遭掳，羊献容也一起被俘北去，也就她实际的第五次被废。

这样的结局很悲惨。可对于羊献容来说，只从一个乱世女子的角度出发，却有了一个可称幸福的归宿。尽管年华不再，尽管岁月荏苒，可羊献容却用自身的魅力和手腕征服了踏平西晋都城的男人——未来的前赵皇帝刘曜。

在刘曜称帝的那一年，他册立羊献容为皇后。从公元 300 年被司马衷立为皇后，经过了整整 18 年的时间，羊献容第六次获得母仪天下的机会，成为中国历史上唯一一位两朝皇后。

刘曜对羊献容爱得义无反顾，而羊献容呢？她对于刘曜的感情如何，还是通过下面的一则小故事来说吧。

有一天晚上，刘曜突然来了兴致，问羊献容：“容容，朕想知道，在你心里，我与司马衷相比，哪个更适合做皇帝？”羊献容对于这个问题虽然有些猝不及防，但是很快便镇定地回复道：“您何必要把自己和亡国之君相比呢？司马衷作为皇帝都不能保护妻儿，又遑论其他啊！”羊献容说得很从容，如波澜不惊的湖水。刘曜听闻后，却错愕地盯着羊献容。

羊献容不明白刘曜怎么突然沉默了，于是又补充道：“我出生于大户人家，曾经认为天下的男子都一样。只是自从侍奉您以来，才知道这世上还是有大丈夫的。”这一番话说完，刘曜被震惊了，本来他只是随意问问而已，却没想到羊献容竟然给予这么高的评价。

后人以此来抨击羊献容“背叛夫君的无耻行为”，可是，细想之下，羊献容所说的话又有哪一句是假的？说到底，羊献容终究只是一介乱世女流，我们又何必去苛责她呢？这一点，司马温公也是明白的，他把羊献容和刘曜的这段对话记录到《资治通鉴》里面。

然而，正当刘曜全力准备与石勒决一死战，统一北方之际，羊献容却因病而逝。在与刘曜一起的日子里，羊献容一共为他生育了三个儿子，夫妻恩爱有加。因此，刘曜不顾他人反对，执意为羊献容大葬。

羊献容的离去让刘曜悲痛万分，他将羊献容葬于显平陵，谥号献文皇后。为了修筑这座显平陵，刘曜几乎是掏空了整个前赵的国库，史载“下锢三泉，上崇百尺，积石为山，增土为阜”。它承载着一段传奇而又令人唏嘘的千古绝恋，只可惜这座显平陵终究没能保存下来。

羊献容死后，刘曜开始变得颓废，整日酗酒买醉，少有醒时。

对于国事，他消极应付；对于大臣的劝谏，他也充耳不闻。这一切的变化似乎也在暗示着刘曜最终的命运……

公元 328 年，叱咤风云、枭雄一世的前赵皇帝刘曜，在一次战役中竟因为醉酒，被石勒的军队活捉。慷慨激昂的他最终宁肯牺牲性命也不肯屈节归降。公元 329 年，刘曜被杀，前赵被后赵所灭。

一自佳人坠玉楼，繁华东逐洛河流

——绿珠的香消玉殒

一自佳人坠玉楼，

繁华东逐洛河流。

唯余金谷园中树，

残日蝉声送客愁。

——唐·胡曾《咏史诗·金谷园》

唐朝诗人胡曾留存于后世的诗多为咏史诗，且每一首都是游古地而感怀，继而延伸到历史人物和历史事件。这首诗名为《金谷园》，其中提到的是一个号称绝代佳人的绿珠。

诗的首句由“绿珠坠楼”为切入口，感慨今昔对比之下物是人非，因为“绿珠坠楼”间接地导致了盛极一时的金谷园的凋敝衰亡。

绿珠其实是一个艺名，传说其本姓梁，生在今天的广西。

当绿珠的美貌引来周围人羡慕时，她的人生轨迹也因为一个人的到来而发生了翻天覆地的改变。这个人叫石崇，时任交趾采访使，当他第一眼见到绿珠时便被她的美貌所折服。于是，石崇大手一挥，拿出了十斛珍珠换回了绿珠。

自从石崇把绿珠带回府之后，特意为她修筑了一个名曰“金谷园”的馆舍。石崇依山形水势，筑园建馆，挖湖开塘，周围几十里内，楼榭亭阁，错落有致，溪水穿流其间，鸟鸣幽林，鱼跃荷塘。郦道元在其《水经注》中谓其“清泉茂树，众果竹柏，药草蔽翳”。园内筑百丈高的崇绮楼，可“极目南天”，以慰绿珠的思乡之愁。其以珍珠、玛瑙、琥珀、犀角、象牙来装饰，可谓穷奢极丽。

如果读者以为“金谷园”的价值仅仅是来宣示爱情的，那就大错特错了。当时石崇在金谷园中汇聚了大批文人墨客，时称“金谷园二十四友”。其中比较出名的成员有“古今第一美男”的潘安（即潘岳）、“闻鸡起舞”“枕戈待旦”的刘琨、“洛阳纸贵”“左思风力”的左思、“潘江陆海”“东南之宝”的陆机和陆云两兄弟、“富甲天下”的石崇。

每次宴客，石崇必命绿珠出来歌舞侑酒，见者都忘失魂魄，因此绿珠之美名闻于天下。但是，中国有个俗语，叫“财不外露”，而石崇恰恰就是犯了这个忌讳。他不光喜欢露财，而且还热衷于露宝，对于很多男人来说，绿珠的美色就是宝。

赵王司马伦有个心腹叫孙秀，当年也是石崇的座上宾，在宴会上得以有幸目睹绿珠真容，真是“一见绿珠误终身”。

随着贾南风的倒台，摇身一变成了新的朝廷红人的孙秀还能容忍石崇继续霸占着绿珠？

如今的孙秀与石崇相比，有的不光是钱，还有权。敏锐的石崇很快嗅到危险的气息，为了防止被孙秀加害，石崇抢先下手，他联系了司马伦在京的反对者——司马允。司马允在得到了石崇的支持后，悍然在京发动政变。可惜的是，司马允棋差一招，最终被司马伦所灭。

司马允死了，石崇也感到自己的死期将至，面对楼下蜂聚的士兵，石崇无奈地对绿珠叹息道：“我如今获罪都是因为你啊。”此时绿珠又能说什么呢？她涕泪横流，只是轻轻地说了一句：“愿效死于君前。”而后翻身一跃，坠楼而死。

孙秀没能抱得美人归，石崇是非死不可的。孙秀下令将石崇押送东市斩首。只是，在刑场上，石崇看到了一张老面孔——潘安。石崇问道："安仁老弟，你怎么也被押到此地被砍头呢？"潘安一声长叹，说道："一言难尽啊。"

原来，孙秀早年落魄的时候，在潘安父亲手下当差，潘安当时没少虐待孙秀。后来孙秀得势了，潘安试探性地问孙秀还记得以前的事情不？结果，孙秀恶狠狠地回了一句："我被你虐待之事是历历在目"。这次，潘安早知道自己难逃一死，结果很快就被孙秀安上了联合石崇勾结司马允造反的罪名。

如今潘安看到石崇不由得一声叹息："投分寄石友，白首同所归。"意思是咱俩年轻时志同道合，临死了还能做个伴啊。不过转念一想，潘安又说道："只是连累了我的老母亲啊。"石崇倒是在临死前都不忘记显摆一把，他说道："孙秀这个狗东西，杀我不就是为了贪图我的钱财？"

有人说，是绿珠害了石崇，因为石崇确实因为绿珠一事而亡。也有人说，是石崇以及他的钱害了绿珠，倘若绿珠没有遇到石崇，她会安安稳稳地度过一生。

"侠士勿轻结，美人勿轻盟，恐其轻为我死也。"绿珠尊重了时代的轨迹，所以她也得到了时代的认可。

有一则传奇故事说，唐朝宰相牛僧孺夜宿薄太后庙，见戚夫人、王嫱、太真妃、潘淑妃，各赋诗言志。别有善笛女子，短发丽服，貌甚美，与潘妃偕来。“太后以接座居之，时令吹笛，往往亦及酒。太后顾而问曰：‘识此否？石家绿珠也。潘妃养作妹，故潘妃与俱来。’太后因曰：‘绿珠岂能无诗乎？’绿珠乃谢而作诗曰：‘此日人非昔日人，笛声空怨赵王伦。红残翠碎花楼下，金谷千年更不春。’”

绿珠跳楼显示出了坚贞。自唐朝以后，绿珠更是成为历代文人墨客所吟诵的对象，甚至包括白居易和曹雪芹。而最出名的莫过于杜牧的那首《金谷园》的诗——“繁华事散逐香尘，流水无情草自春。日暮东风怨啼鸟，落花犹似坠楼人。”如果绿珠仅仅是一个普通女子，或许杜牧也不会为她写下这首诗。

若缀寿阳公主额，六宫争肯学梅妆

——偶然引发的化妆风潮

晓啼珠露浑无力，

绣簇罗襦不着行。

若缀寿阳公主额，

六宫争肯学梅妆。

——唐·牛峤 《红蔷薇》

牛峤的名字，也许大家并不熟悉，但要是说起韦庄，大家肯定不陌生，而牛峤和韦庄都是前蜀的御用诗人。

在五代十国时期，宫廷诗兴起，而这宫廷诗犹以南唐和前后蜀为盛。宫廷诗的取材范围比较广泛，大到宫闱秘闻，小到一场夜宴，都可作为宫廷诗人的写作对象。而这首诗涉及了当时宫廷中的一种化妆风格——梅花妆。

梅花妆，又称“寿阳妆”“落梅妆”，这是一款始于南朝，流行于隋唐的女子妆饰。平时谈及历史，很多人会将关注点投于帝王将相，却很少有人关注民生百态。今天，不妨来讲一讲这个“梅花妆”。

秦汉时期，由于生产力的发展，开始出现了红妆。那个时候的女子不光是脸上扑粉，还会在唇妆和眉妆上下功夫。有了两种比较流行的发型：一种是将发髻盘在头后，一种是将发髻盘于头顶。

六朝时期，随着游牧民族的南迁，女子的妆容出现了相融合的趋势。在色彩的运用上，十分大胆，尤其是在胭脂的运用上，女子喜爱用胭脂涂画。而“梅花妆”也比较受当时女子喜欢。

宋武帝女寿阳公主，人日卧于含章殿檐下。梅花落公主额上，成五出花，拂之不去。皇后留之，看得几时。经三日，洗之乃落。宫女奇其异，竞效之，今梅花妆是也。

——《太平御览》卷三十

有一天，南朝宋武帝刘裕的女儿寿阳公主与宫女们在宫廷里嬉戏。不久，寿阳公主感到累了，便躺卧在含章殿的檐下小憩。这时恰好有一阵微风吹来，将梅花吹得纷纷落下，有一朵碰巧落到了寿阳公主的额头上，遇汗如渍染，在公主的前额上留下了梅花的淡淡花痕，拂拭不去，使寿阳公主显得更加娇柔妩媚。

皇后见了，十分喜欢，特意让寿阳公主保留着它，三天后才用水洗掉。此后，喜欢梅花的寿阳公主时常摘几片梅花，把其贴在自己额头上，以助美观。宫女们见了，纷纷跟着效仿起来。

不久，这种被人们称为“梅花妆”（或称“落梅妆”）的妆饰便在宫中流传开来。后来，“梅花妆”又流传到了民间。

这里有两个问题要说明：其一，宋武帝的十个女儿中并无寿阳公主这个封号；其二，宋武帝把已故的发妻臧爱亲追封了皇后之后，再没封过皇后。

因此，据考证，此女很有可能是刘裕长女会稽长公主刘兴弟。

其实，就算梅花妆和刘兴弟无关，但她在历史上仍是一个有着精彩人生的女子。

“督护北征去，前锋无不平。硃门垂高盖，永世扬功名。洛阳数千里，孟津流无极。辛苦戎马间，别易会难得。督护北征去，相送落星墟。帆樯如芒柽，督护今何渠？督护初征时，侬亦恶闻许。愿作石尤风，四面断行旅。闻欢去北征，相送直渎浦。只有泪可出，无复情可吐！”这《丁督护歌》就是因刘兴弟丧夫而被创出。

刘兴弟的丈夫徐逵之，生前官拜振武将军以及彭城、沛两郡太守，为刘裕所器重。刘裕早年贫寒，与结发爱妻臧爱亲只生了一个女儿刘兴弟，因此很是爱屋及乌。作为刘裕的女婿，徐逵之得到了刘裕的重用，多次在战役中显露头角，屡立军功。

刘裕在讨伐司马休之时，便让徐逵之统领军队作前锋，不但给他配备了强兵利器，还许诺如果此仗胜利，就将荆州封给他。可惜，徐逵之在战斗中被杀，刘裕令心腹府内直督护丁旿为徐逵之收殓。不善言辞的丁旿，面对一身缟素的主公之女追问，不知说什么好。刘兴弟问一句，他才勉强答一句，刘兴弟只得掩面叹息：“丁督护啊！”不久之后，一曲著名的哀歌开始在建康、京口一带传唱，它以刘兴弟那一刻的哀叹而得名——《丁督护歌》。通篇以军人妻子口吻，诉说着送夫远征时的无奈与哀伤。据说，刘裕听到这首曲调凄婉的歌曲，担心它会影响到军队的士气，不利于即将开始的北伐，于是又命人按照此旋律在前面加了两段，才有了上面的那首挽歌。

宋文帝刘义隆在位时，刘义隆非常怕她姐姐的哭泣，一旦刘兴弟流泪，刘义隆基本都是有求必应。

在宋文帝执政的前几年，他与时任宰相的四弟彭城王刘义康爆发矛盾，最终的结果是刘义康被贬，流放外地。此时的刘义康算是一介平民了，再无任何权力。因此，刘义康认为，皇兄不会再对自己起杀心了。

然而，宋文帝的举动能骗得过刘义康，能骗得过众人，唯独骗不过他的姐姐刘兴弟。作为过来人，她已经看惯了太多的宫廷惨剧，于是借着一次宫中聚会的契机，趁着大家聚在一起，其乐融融之际，刘兴弟突然离席，走到宋文帝面前，行跪拜之礼，并痛哭流涕。

宋文帝被吓坏了，因为他深知自己这位姐姐，一哭必有大事相求。算来，第一次大哭是为当年丧夫之事，第二次大哭则是为救儿子徐湛之的性命，这次大哭又是为什么事呢？

宋文帝连忙搀扶起姐姐，刘兴弟老泪纵横地说道："车子（刘义康的小名）年老了，日后恐怕不会为陛下所容，所以我这个做姐姐的特地求你饶他一命。"宋文帝听了刘兴弟的这一番话，也立刻号啕大哭。他想起了死去的大哥和二哥，想起了自己病重期间刘义康的兢兢业业。于是，他走到殿内另一侧，打开了窗户，指着窗外隐隐约约的蒋山说道："我对蒋山立誓，如果违背姐姐所托，便是有负初宁陵（宋武帝刘裕的陵寝）！"当即，他下令将宴会上的美酒封存起来，派人赏赐给被贬的刘义康，并送去书信说："姐姐饮宴之时思念弟弟，现将所余美酒封送给你品尝。"

直到公元444年，刘兴弟去世前，刘义康都安然无恙。但是，宋文帝在刘兴弟去世后仍杀死了刘义康。宋文帝失信于姐姐，辜负了刘裕，也失信于天下，最终落得个被儿子杀死的下场。

商女不知亡国恨，隔江犹唱后庭花

——绝世美女张丽华

烟笼寒水月笼沙，

夜泊秦淮近酒家。

商女不知亡国恨，

隔江犹唱后庭花。

——唐 · 杜牧 《泊秦淮》

与其他怀古诗不同，杜牧的这首诗提到了一个有关“玉树后庭花”之曲的故事，境界大开。

杜牧写此诗的时候，唐朝已进入了藩镇割据的晚唐，江河日下。当杜牧来到当时还是一片繁华的秦淮河上，听到酒家歌女演唱《玉树后庭花》曲，感慨万千，写下了这首诗。作者借陈后主因追求荒淫享乐而终致灭亡的历史，讽刺晚唐那些醉生梦死的统治者不从中吸取教训，表现了作者对国家命运的关怀和深切忧虑。

“丽宇芳林对高阁，新装艳质本倾城。映户凝娇乍不进，出帷含态笑相迎。妖姬脸似花含露，玉树流光照后庭。花开花落不长久，落红满地归寂中！”一首《玉树后庭花》，吹散了江东仅存的一丝王气，也奏响了陈朝的丧乐，作为灭亡的靡靡之音的代名词流传至今。

很多人都知道这首诗是南朝陈后主陈叔宝所作，但不知道这首诗是陈叔宝为宠妃张丽华所作。

陈叔宝的发妻沈皇后举止得体，是古代贤后的典范，但恰恰是这样一位贤后，却在生活中没少受陈叔宝嘲讽。陈叔宝曾经写过一首名为《戏赠沈后》的诗来调侃沈皇后，内容为：“留人不留人，不留人去也。此处不留人，自有留人处。”“此处不留人，自有留人处”流传至今，恐怕很多人不知道这句话是出自陈叔宝之口。

当时陈叔宝准备去沈皇后房间，可一看沈皇后那端静的样子，仅待了一会儿就离开了，离开之时就写了这首诗。而沈皇后也是才女，随即写了一首和诗——《答后主》：“谁言不相忆，见罢倒成羞。情知不肯住，教遣若为留。”大概意思是说，谁说我不想你啊，只是见了面感觉羞涩。我知道你是不想在这里待着，怎么又会强留陛下您呢？一番话说得不卑不亢，完全不失皇后的身份。

很快，张丽华走进了陈叔宝的生活之中。

张丽华本是龚贵嫔的侍女。此人发长七尺，黑亮如漆，光可鉴人，眉目如画，肌肤胜雪，极目而视，宛若惊鸿仙子。

张丽华很聪明，能言善辩，鉴貌辨色，记忆力特别好。当时的奏书一般先是由宦官进行初步处理，随后再送给陈后主批阅，但有些时候连送来的宦官都忘了奏书内容，可张丽华瞄一眼就能过目不忘。这让陈叔宝非常得惊讶。

之后，陈叔宝让张丽华执掌内事，代行皇后之职。对于国家大事，陈叔宝一般都与张丽华商议之后再行决策，“置张贵妃于膝上共决之”。

当然，张丽华也很懂得享受，陈叔宝为之修建了临春、结绮、望仙三座楼台，每一座楼台高达数十丈，连延数十间，饰以金玉。楼台的梁柱也是由檀木打造的，每当微风吹来，便能香飘十里，宛若置身于人间仙境。陈叔宝居住在临春阁，张丽华居住在结绮阁，龚、孔二贵嫔居住在望仙阁，三座楼台之间互有通道相连。

在享受奢靡生活的同时，张丽华还打起了沈皇后的主意。她不仅想取代沈皇后的地位，还想要让自己的儿子成为未来陈的国君。为此，昏聩的陈叔宝真的废掉了原太子，而立了张丽华生的儿子。然而，在张丽华准备唆使陈叔宝废掉沈后之际，隋军已经杀到了江边。

张丽华最后一次在历史上留下的是从“胭脂井”中被吊起的事迹，而后又被高颎以“太公掩面斩妲己”为由，将其斩杀在了青溪。

隋灭陈后，沈皇后便和陈叔宝一道去了长安。可隋持续的时间也不长，隋亡后，沈皇后从广陵回到故乡，后在毗陵天净寺出家为尼，法号观音。直到唐贞观初年，沈皇后去世。

六朝是多彩的，政权更迭的频繁不能阻碍艺术文化的绚烂。六朝多彩还在于一个个活生生的人。那些个性迥异的帝王，那些彪炳青史的名将，当然，也会有这些具有传奇经历的女子。她们中有如绿珠无惧生死的侠气之女，也有如张丽华的江南妩媚。

第三章　折戟沉沙

出师未捷身先死，长使英雄泪满襟

——诸葛亮的老臣心

丞相祠堂何处寻，锦官城外柏森森。

映阶碧草自春色，隔叶黄鹂空好音。

三顾频烦天下计，两朝开济老臣心。

出师未捷身先死，长使英雄泪满襟。

——唐 · 杜甫 《蜀相》

唐朝杜甫的一首《蜀相》成了后世凭吊诸葛亮的旷世名篇。公元 760 年春天，杜甫“初至成都时作”。具体来说，在之前的几年间，杜甫一直起起落落、颠沛流离地生活。辗转到了成都后，杜甫在朋友的资助下，定居在浣花溪畔。成都是当年蜀汉建都的地方，城西北有诸葛亮庙，后称武侯祠。公元 760 年春天，他探访了武侯祠，留下了感人肺腑的千古绝唱。

杜甫虽然怀有“致君尧舜”的政治理想，但他仕途坎坷，抱负无法施展。他写《蜀相》这首诗时，安史之乱还没有结束。他目睹国势艰危，生灵涂炭，而自已请缨抗敌，却报国无门，因此对开创蜀汉基业、挽救时局的诸葛亮，无限仰慕，甚为敬重。

千百年来，随着民间传说、戏曲、小说等作品的出现，把诸葛亮的“英雄”形象不断地推向历史新高。那么，抛开人为的演义，诸葛亮何以吸引后世之人对他万分青睐呢？我们说的是历史上最本源的诸葛亮，而不是后世口中的“前算三千年，后推八百载”的诸葛亮。

首先，诸葛亮是个守诺之人，无论是后世之人对他的评价还是他的自评，都提到了这一点。他在《出师表》中写道：“臣本布衣，躬耕于南阳，苟全性命于乱世，不求闻达于诸侯。先帝不以臣卑鄙，猥自枉屈，三顾臣于草庐之中，咨臣以当世之事，由是感激，遂许先帝以驱驰。后值倾覆，受任于败军之际，奉命于危难之间，尔来二十有一年矣。”

因为一个承诺，诸葛亮便风雨兼程地护佑了蜀汉二十多年。诸葛亮自陈能受先帝托孤之任，是因为自己的谨慎。可是，这字里行间也流露出了他对先帝承诺的不背弃。春秋之时，晋国的赵盾是一个谨慎的人。作为辅政大臣，赵盾也确实把晋国治理得井井有条。在他的指导下，晋国继续保持着晋文公时期奠定的霸主地位，东逼齐鲁，西却强秦，南御楚国。可是，由于晋灵公是一位荒唐君主，赵盾无奈最终走上了弑君之路（尽管人不是他直接杀的），被世人所诟病。

诸葛亮辅弼的刘禅，在世人眼中比晋灵公好不到哪里，而蜀汉的外部环境也是相当险恶。诸葛亮刚接手蜀汉的时候，孙权刚偷袭了荆州，蜀汉手中只剩下了益州和汉中两地，战略空间被大大压缩。同时，经夷陵之战，蜀汉精锐之师尽丧，元气大伤，更无力收回荆州。

此时，换作阴谋家或许早篡权夺位了，哪还管白帝城托孤之事。有人说，诸葛亮没有篡权的可能。因为刘备虽然死了，可是朝中大臣宿将未必会臣服诸葛亮，况且，诸葛亮一旦篡位，魏、吴会趁机入侵蜀汉。

事实上，如果从当时的形势来看，我觉得诸葛亮要想篡位，应该有很大的胜算。首先，蜀汉内部有三股势力——益州集团、东州集团和荆州集团。其中益州集团是蜀中当地大族，失去地位的他们对外来户有一种排斥的心理。但是如果进入益州的统治者能带领他们发家致富，那他们就会跟随。当年刘备之所以能入蜀，很大程度上就是刘璋和益州集团闹翻了，出现了张松、法正之流。其次，东州集团是刘璋的旧部，由于蜀中在刘璋手里管控多年，刘璋也培植了不少势力。当年刘备入川后，为了笼络人心，也招揽了不少东州集团的旧部。当年刘备自己带来了一批人马。最后，荆州集团的刘备采纳诸葛亮之议，与孙权联合，大败曹操于赤壁，据有荆州之地。后刘备占领汉中，为汉中王。紧接着关羽被杀，荆州被孙权夺去。

不妨就来分析一下诸葛亮和这三个集团的关系。首先，分析益州集团。我们先前说过了，能给他们带来福利就行。夷陵之战的失败将刘备威望一扫而光，这个时候如有新的皇帝能带领益州人民发家致富，他们是拍手欢迎的。其次，再看东州集团。刘备虽然也曾笼络过这些人，但这些人在刘璋手下干的时候得罪过益州集团，所以对易主的事，只不过是刘备换成了诸葛亮，又不是老东家刘璋势力上台，对于这些人来说，也无所谓。最后，刘备的荆州集团，自从关羽、张飞、黄忠相继殒命后实力大损，外加上诸葛亮也是荆州集团的骨干，所以诸葛亮一旦篡位，这个集团有可能走向分化。

如此来看，这样的政局对诸葛亮来说，篡位的机会是不错的。更何况，诸葛亮还有个外援力量——东吴。历史上，诸葛亮第一次完成的任务可不是什么火烧新野、火烧博望坡，而是出使东吴，促成孙刘联盟。外加上诸葛亮兄诸葛瑾在东吴为官，总体上，东吴朝野上下对诸葛亮印象不错。如果刘备辞世，诸葛亮能上位，在东吴西边出现一个亲东吴的政权，这也是比较符合东吴的现实需求。

至于曹魏，诸葛亮可依托天险，再加上他的运筹帷幄能力，挡他们几年还是不成问题的，而这几年足够他稳固政权了。更何况那时候的曹魏已经将矛头指向了东吴。

我认为，在当时的情况下，无论是外部条件还是内部条件，都是有利于诸葛亮篡位的。明知可为却不为，这是诸葛亮对刘备的忠，也说明了他是一个重承诺之人。

除了守诺，诸葛亮另一光辉闪耀的人格魅力在于廉。诸葛亮在《诫子书》中，开篇就写道：“夫君子之行，静以修身，俭以养德。非淡泊无以明志，非宁静无以致远。”他在最后给后主刘禅上表的遗书中也说道：“有桑八百株，薄田十五顷，子弟衣食，自有余饶。”这一点田产，以他的地位及权力，比之于三国时期的文武百官，已经是相当少了。特别需要指出的是，购置这一点产业的金钱还多是来自刘备的赏赐。刘备入成都后，论功行赏，曾赐给诸葛亮、关羽、张飞等功臣每人金五百斤、银一千斤、钱五千万等。诸葛亮以此赏赐来购买田宅，无可厚非。除此之外，他就“不自治生”“以长尺寸”。诸葛亮获得的更多赏赐，他不是封存于官府，就是分赏给有功的部属。他向刘禅说道：“臣死之日，不使内有余帛，外有赢财，以负陛下。”后来诸葛亮谢世后，“及卒，如其所言”。他的言行如一、廉洁奉公的作风，一直为后世所称道。

诸葛亮克己奉公，治家亦以节俭为宗旨。他的《与李严书》云：“吾受赐八十万斛，今蓄财无馀，妾无副服。”短短三语，说明了他自己受赐虽多，但没有作为私蓄之用。同时说明了自己家人生活俭朴，妻妾没有副服。清朝的张澍读到这则史料后，不禁感慨地说道：“侯之妾乃无副服，其俭德可师矣。惜妾之姓不传。”诸葛亮之妻黄氏的情况是众所周知的，其才德足以持家，使诸葛亮获得内助之力。

此外，对时局的洞悉力是诸葛亮的又一魅力所在。

要知道，诸葛亮 26 岁的时候便给刘备定下了三分天下、逐鹿中原的“隆中对策”，该政策一直作为刘备治蜀的总路线。能够有如此灵敏的政治嗅觉，有如此清晰的判断，绝不是一般人能做得到的。

当然，诸葛亮也并非没有错误，其最受后人诟病的便是北伐。五次北伐，劳民伤财，徒劳无功。相对于魏、吴，蜀的人口基数少，可蜀因为需要北伐，常备军经常维持在十万左右。这严重影响了社会生产和百姓的生活。所以刘备入蜀前，蜀地可称得上是“天府之国”，但在诸葛亮去世后，便是百姓“面有菜色”了。在成都武侯祠中就有清朝的赵藩写的一幅“攻心”对联：能攻心则反侧自消，自古知兵非好战；不审势即宽严皆误，后来治蜀要深思。该对联就是对诸葛亮北伐一事做了委婉的批评。

关于诸葛亮为何频频北伐，史学家对其争论不一。有人说，蜀汉集团内部派系林立，矛盾重重，北伐是转移国内矛盾。但倘若内部已矛盾重重，而北伐又频频失利，这反而不是在激化矛盾？又有人说，蜀汉偏居一地，虽然能依靠蜀道之难勉强保持政权存在，但随着时间推移，蜀汉与曹魏的差距会慢慢拉得越来越大，最后也难逃覆灭的结局。当然，也有人说，这恰恰是因为诸葛亮对刘备的承诺，因为诸葛亮北伐打出的大旗便是“汉贼不两立，王业不偏安”。

其实，我更相信第三种说法，因为诸葛亮虽然是个颇有才干的能臣，但本质上他还是一个坚定的理想主义者。在那个时代，已经不止有一两个人提出“汉室不可复兴”的论调了，可诸葛亮却依然把“兴复汉室”作为理想。虽然他从实际情况也能认识到，自己的理想难以实现，但他始终未曾放弃。直到他死的那天，他依然用“北伐”来告诫后继者。“鞠躬尽瘁，死而后已”，他做到了。

羊公碑尚在，读罢泪沾襟

——西晋灭吴的影子功臣

人事有代谢，往来成古今。

江山留胜迹，我辈复登临。

水落鱼梁浅，天寒梦泽深。

羊公碑尚在，读罢泪沾襟。

——唐·孟浩然 《与诸子登岘山》

这首诗表面上看是一首山水诗，但其中除了颈联有描绘山水之外，其他的句子多为议论抒怀，算得上是假托山水的言志诗。

孟浩然大半生居住在襄阳城南岘山附近的涧南园，在此隐居期间创作此诗。诗人登临岘山，凭吊羊公碑，想到羊祜当年的心境，想起羊祜说的“自有宇宙，便有此山，由来贤者胜士，登此远望，如我与卿者多矣！皆湮灭无闻，使人伤悲”，想到自己空有抱负，觉得分外悲伤，泪湿衣襟。全诗借古抒怀，融写景、抒情和说理于一体，感情真挚深沉，平淡中见深远。

既然能让孟浩然有惺惺相惜之感，那么这个羊祜肯定是一个不简单之人。事实上，历史上的羊祜很牛，堪称一代传奇，然而却因为功业未成、壮志难酬，最终如他所说“湮灭无闻”了。

在魏晋时代，羊祜的祖父、父亲均是名声远扬的太守，姐姐羊徽瑜更是景献羊皇后，也就是历史上的司马师的皇后。后来以“贤王”著称的齐王司马攸见了羊祜都得喊舅舅。

众所周知，清谈是魏晋门阀制度的主要特征，可是羊祜却恰恰厌恶清谈。王衍是西晋清谈界的权威，夸夸其谈，为自己博得了“口中雌黄”的美名。十四岁那年，他拜见名气很大的羊祜，就显出矜持优雅的老成。王衍和羊祜也有亲戚关系。他在羊祜面前夸夸其谈，羊祜并不欣赏他，甚至十分反感他这种光说不做的行为。结果，惹得王衍拂袖而去。羊祜甚至对其评价道：“王夷甫方以盛名处大位，然败俗伤化，必此人也。”

从那以后，两人嫌隙已生。王衍的堂兄王戎也与羊祜不和。虽然王戎为“竹林七贤”之一，可他的人品和作风与嵇康、阮籍等人差远了。在西陵之战中，王戎因违反军纪，要被羊祜“军法从事”，经众人说情才保住性命。随后，王戎回到京师洛阳，便和王衍联手诋毁羊祜，以致当时京城流传：“二王当国，羊公无德。”然而，王戎、王衍之流对羊祜的诋毁，丝毫没有损毁羊祜的人格光辉。

除了不尚清谈，羊祜对政治联姻、拉帮结派之人也很反感。虽然羊祜是外戚，但他似乎从不拿他与司马师的关系炫耀。《晋书·羊祜传》记载：“（羊）祜贞悫无私，疾恶邪佞，荀勖、冯𬘘之徒甚忌之。”与善于拉帮结派的贾充、荀勖、冯𬘘等人相比，羊祜在处理人际关系时大公无私。当时，凡身居显要者，都可向皇帝举荐贤才。凡是自己举荐的贤才被皇帝使用，就成为自己可靠的派系人员之一。

史书记载，羊祜历任晋文帝司马昭、晋武帝司马炎两朝。有关政事、人事，皇帝经常征询他的意见。那些欲通过他，伸手要官者，全被羊祜拒绝。羊祜暗地向皇帝推荐人才，但他从不钻营、谋求权势厚禄，封侯不受。他所推举荐拔的人，连本人都不知是谁荐举的。有人提醒羊祜，别过于清正，他却回答：“不能举贤取异，岂得不愧知人之难哉！且拜爵公朝，谢恩私门，吾所不取。”一句“吾所不取”，折射出了羊祜在举荐贤才过程中不图名、不图利、不图谢恩，一心为国的高尚品格。

大家或许会觉得羊祜只是一个品德高尚的廉吏或者能臣。然而，羊祜更出彩的是身赴一线，行军作战。

虽然蜀汉已经被灭，可是吴国在陆逊之子陆抗的辅弼下，出现了一次回光返照。而羊祜恰恰就是在这时被派往了荆州前线。与其他在外征战的将领不同，羊祜落实“攻城为下，攻心为上”的作战方略，他用自己的实际行动，征服该地区的民心。在荆州边界，羊祜对吴国的百姓与军队讲究信义。每次和吴军交战，羊祜都预先与对方商定交战的时间，从不搞突然袭击。有一次，其部下在边界抓到吴军两位将领的孩子，羊祜知道后，马上命令将孩子送回。羊祜的部队行军路过吴边境，收割田里稻谷以充军粮，但每次都要根据收割数量用绢偿还。打猎的时候，羊祜命令部下不许越过界线。

羊祜的这类做法让吴军的统帅陆抗很头疼，多年以来他打的是阵地战，即诱晋军来挑衅，而后自己调动部队将其聚歼。可如今羊祜和自己相安无事，想开战都找不到契机。不止如此，陆抗赖以维持这边军民团结的法宝就是对晋人的仇恨，他给吴百姓灌输的思想：晋军是入侵者，所以我们要反击他们。可如今，羊祜的做法让吴的军民思想出现松动。

面对羊祜的攻心战，让久经沙场的陆抗犯了难，他无奈地向手下抱怨道：“彼方有道，我方无道，以无道伐有道，我们又如何能胜利呢？我们只保住边界算了，不要为小利而争夺侵扰。”因此，在很长的一段时间里，晋、吴两方的荆州边界处于和平状态。羊祜与陆抗对垒，双方常有使者往来。陆抗称赞羊祜的德行度量，“虽乐毅、诸葛孔明不能过也”。有一次，陆抗生病，向羊祜求药，羊祜马上派人把药送过来，并说：“这是我最近自己配制的药，还未服，听说您病了，就先送给您吃。”吴将怕其中有诈，劝陆抗勿服，陆抗不听，并说道：“羊祜怎会用毒药害人呢。”仰而服下。

羊祜以道德感化吴军将士的心，使吴军的将士心悦诚服。吴军的将士十分尊重他，不称呼他的名字，称他为“羊公”。但是，吴军的敬意却给羊祜招揽来了无妄之灾，与他不和的大臣们纷纷以此为由，罗列罪状并攻击羊祜。但此时的司马炎头脑比较清醒，并没有被谗言所惑，依旧信任羊祜。

羊祜作为戍边将领，受命驻守荆州约十年，为实现三国一统立下了汗马功劳；作为朝廷重臣，掌握着机要之权，凡朝廷大事，都要征询他的意见。按理说，他的一生如此辉煌，他应该也没什么遗憾了吧。

事实上，羊祜最大的功绩也恰恰是他最大的遗憾。他在荆州所做的一切，都是为灭吴做准备。当他觉得时机已成熟，便上书朝廷，请命伐吴。当时陆抗已经病故，吴内部又爆发叛乱，正是一鼓作气直取建业（今江苏南京）的好时机。可是羊祜的上书仅仅得到度支尚书杜预、中书令张华等少数人赞同。

无奈之下的羊祜心情苦闷，便登岘山以抒胸臆，也就有了我们在前文的孟浩然诗中提到的典故一事。尽管平吴的上书被驳回，羊祜却依然将精力投入到未来的平吴大计中。他为朝廷举荐的王濬恰恰成了后来“楼船灭吴”的领军人物。

公元 278 年，58 岁的羊祜带着“东吴未灭”的遗憾离开了人世。生前，他的钱财多用于捐助贫寒百姓和奖励军士，辞世时家无余财。《晋书·羊祜传》记载，“帝素服哭之，甚哀，是日大寒，帝涕泪沾须鬓，皆为冰焉”。襄阳百姓闻讯，“莫不号恸，罢市，巷哭者声相接。”

羊祜曾经对自己的儿子说过：“人臣树私则背公，是大惑也。”这是他的肺腑之言，他的一生也正是这样做的。羊祜的不跟风、“不合时宜”，为的是国，是民，而唯独不为自己。而在身后，羊祜的名声也被王濬所盖过，“王濬楼船下益州，金陵王气黯然收。千寻铁锁沉江底，一片降幡出石头。”刘禹锡的这首诗，让后人记住了王濬而淡忘了羊祜。

众所周知，羊祜虽然大大削弱了东吴的实力，但最终灭吴的伟业是由王浑、杜预、王濬三人完成的。公元279年十一月，晋武帝发兵二十万人，兵分六路进攻吴国。灭吴主要的两大统帅杜预、王浑分管长江中游、下游，身为龙骧将军王濬的水军则是从成都到建业，沿着长江横越西东。为了作战的统一指挥，司马炎规定，经过荆州之地，王濬受杜预节制；到了下游，则受王浑节制。

次年年初，王浑所部便已在长江下游地区与吴军主力进行遭遇战并取胜，吴丞相张悌被杀。此时，建业门户大开，王浑只需挥师渡江，便能一举灭掉东吴，所以当时王浑部下都纷纷劝王浑不要再等其他两路部队了，一鼓作气完成这不世之功！

王浑却以“诏令龙骧受我节度，但当具君舟楫，一时俱济耳”为由，拒绝再前进。意思是等王濬所率部队到了之后，一起拿下吴都，共同见证胜利的时刻。哪知道，从上游而下的王濬却玩起了心眼。他由于是从益州出发，本就落后王浑很多。当他的军队开到秣陵时，便收到王浑派人请他停舟上岸商讨战事的消息。

王濬随即借口“风利，不得泊也”，无视王浑的号令，乘胜直指建业城。此时吴主孙皓肉袒面缚，到王濬营门投降。踏平东吴，擒获吴主，王濬因此威名远播。王濬的做法让王浑甚是生气。尽管出征前王濬受自己节制，尽管东吴主力被自己全歼，可是现如今孙皓是向王濬投降的，建业城也是王濬先进的。

愤怒的王浑立即上表朝廷，状告王濬无视皇命，不听调遣。当时掌管刑狱的官员准备将王濬塞入囚车，押回京师处理。这乐极生悲的一幕就像灭蜀的邓艾、钟会争功。此事让司马炎颇为谨慎，他没有下令将王濬下狱，但是降旨痛斥王濬：“开战之前，朕就言明了灭吴行动必须要统一号令。也强调了将军你必须受安东将军王浑节制，王浑从大局出发，按兵等候你。可你为何不顾王浑的命令，违规前行，不顾大局啊。将军的功勋，铭刻朕心，可也应当按诏书行事，以维护王法尊严，在战事将终时，恃功肆意而行，朕将何以号令天下！”

司马炎的处置方法是息事宁人，没降罪于王濬，只是下诏痛斥了一下。哪知道王濬不明白司马炎的用意，还上书为自己辩护，说开战前所有参战人员都是受太尉贾充的调度，从来没听说还受王浑调度。

王濬死不悔改，王浑更是一肚子火。王浑联合扬州刺史周浚弹劾王濬，说王濬在破城之际大肆掳掠建业城，还焚烧孙皓皇宫。对此，王濬也不甘示弱，说周浚是王浑部下，自己进建业城的时候，周浚还在王浑军中，他怎么知道前线的事，这分明是无中生有。另外，他又指责王浑隐瞒事实，虚报战功。

结果，两人越闹越凶，最后司马炎实在看不下去了，一锤定音：王浑升为征东大将军，为京陵公；王濬升为辅国大将军，为襄阳县侯。王濬虽然在品级和爵位上稍次，但给予的实际待遇与王浑相近。就这样，司马炎妥协地处理了两者的矛盾。

虽然两者的矛盾得以解决，但王濬、王浑之间的裂痕并未消除。试想一下，如果王浑和王濬能有一人像羊祜那样高风亮节，这事情将会成为一件皆大欢喜的事情吧。

谁料此山诸草木，尽能排难化为人

——苻坚的人生拐点

苻坚举国出西秦，东晋危如累卵晨。

谁料此山诸草木，尽能排难化为人。

——唐·胡曾 《八公山》

胡曾的一首《八公山》让一场决定东晋命运的战争跃然纸上，可以说，刻画得入木三分。虽然这首诗在流传上并不是胡曾诸多咏史诗中最为广泛的，但其涉及的历史事件是恢宏的。

该诗的首句提到苻坚是“倾国而出”的，次句又点出东晋的形势危如累卵。随后，胡曾话锋一转，以两句结语点出了“风声鹤唳”“草木皆兵”的历史。而恰恰是这两个成语标志着在淝水之战中苻坚内心防线的崩溃。

苻坚是个有为之人，但淝水之战却像是一道分水岭，将他的人生分成两个迥然不同的阶段。如果说淝水之战前，苻坚是“打瞌睡就有人递枕头”，那淝水之战后，他便是“喝口凉水都塞牙”。

苻坚是氐族人。苻坚的祖父苻洪作为当时首领，先是归降石虎，后来后赵内乱，苻洪自立，有夺关中之志。然而由于苻洪惨遭手下降将的毒手，最终功败垂成。

苻洪死后，在大家人心躁动时，苻坚的伯父苻健通过一系列措施，稳定了人心。随后，趁着各方势力都在中原鏖战之时，苻健成功率军进入关中地区，并在此建立了前秦政权。

虽然前秦已建立政权，可是环顾四周，前秦的生存环境不容乐观。当时的前秦仅据关中一地，它的北方是代政权，它的西面是割据凉州的前凉。在前秦东面的关东地区，是刚刚兴起的前燕。当然，对前秦威胁最大的还是来自南面的东晋。前秦建立政权不久，便遭到了桓温的大举北伐，面临着灭顶之灾。虽然前秦最终逼退了桓温，但元气大伤。

不久，苻健去世，即位的苻生是个丧心病狂的暴君。迫于自保，苻坚立刻先下手，在除掉苻生之后，即位，称大秦天王。称王之后的苻坚为了迅速将前秦变得强盛起来，他重用了名相王猛、权翼、薛赞在内的许多大臣，并镇压了许多对此心怀不满的旧官员。苻坚在治国中大力推广儒学，同时他又对其他内迁的部族，给予了极大的包容，这使得苻坚在当时各族中都有着极高的威望。

在前秦蒸蒸日上之时，苻坚不再满足于小小的关中之地，开始陆续扩张。早在苻坚在位第二年（公元 358 年），便发兵镇压了并州叛变的张平，将势力拓展至山西。而后，待国力增强之际，他又派王猛、杨安等人率领两万军队，进攻东晋的荆州北部，大胜而归。

在前秦国力日臻鼎盛之时，东面的前燕却开始走下坡路了。东晋太和四年（公元 369 年），大司马桓温北伐前燕，前燕慕容评被东晋打得节节败退，因此被迫向苻坚求兵。在击退了东晋之后，前燕的吴王慕容垂因与慕容评争权失败而逃到前秦。前燕局势的混乱让苻坚喜出望外。这时候，慕容评在击退东晋之后，对向前秦割地一事反悔，这激怒了本来就有意吞并前燕的苻坚。因此，苻坚立刻派王猛率军，开始了对前燕的征伐，于次年攻下洛阳。

几个月后，苻坚再派遣王猛率杨安、张蚝、邓羌等十余名将领，率领六万前秦军进攻前燕。前秦军一路攻城略地，很快占领了前燕的上党地区。之后，前秦军又围攻重镇晋阳，通过开凿地道的方式，成功将其攻克。此时，慕容评倾巢出动，率领四十余万大军，准备一举消灭前秦军。

然而，相比于前秦军，前燕军鱼龙混杂，并且早已对慕容评不满。前秦军破釜弃粮，不惜代价地猛烈进攻，前燕军土崩瓦解。随后，前秦军一路高歌，迅速占领了前燕首都邺城。

消灭了前燕，前秦的势力范围相比以前翻了一倍。偏偏在前燕灭亡的同年，西边的仇池政权发生了政权更迭。仇池公杨世曾称臣于苻坚，而新接班的杨篡却转而投向东晋。对于这样的小割据势力，苻坚大手一挥，便将其灭了，顺带还"搂草打兔子"，迫使前凉向前秦称藩，吐谷浑也向前秦纳贡。

而后，苻坚又听从王猛的意见，趁着东晋权臣桓温刚死，政局不稳之际，出兵蜀中，拿下了东晋益州大片地区，残存的晋军一部分退到了巴东一带，一部分退到了云贵高原地区。然而，军事上的胜利难以抹去苻坚心头的伤痛，因为他视之如诸葛孔明的丞相王猛在前秦军南征后病逝了。

公元 375 年六月，王猛病危，苻坚忧心如焚，不仅派了最好的御医，并且亲自去拜宗庙，祭祀山川之神，还特赦了全国死囚犯。只可惜，王猛一个月后还是撒手人寰了。

临终前，王猛留给苻坚的遗言是："晋朝虽然僻处江南，但为正统，而且上下安和。臣死之后，陛下千万不可图灭晋朝。"苻坚按照西汉霍光的规格安葬了王猛，并追谥其为"武侯"，这一称号也暗合了王猛在苻坚心目中的地位。王猛虽死，可前秦的扩张却并未立即停止，而且依靠着王猛带来的强劲势头，苻坚依旧是打得顺风顺水。

公元376年，苻坚以张天锡"虽称藩受位，然臣道未纯"为由，出兵前凉。随着前秦军西渡黄河，攻下缠缩城，张天锡派将领掌据到洪池协同将领马建作战，自己率兵到金昌助战。然而，前秦军进攻洪池时，马建竟向前秦投降而掌据战死，张天锡惊惧而退还都城姑臧。前秦军接着直攻姑臧，张天锡被逼出降，前凉至此灭亡。

在灭前凉的同一年，苻坚以刘卫辰求救为由，命幽州刺史行唐公苻洛率兵十万，另派邓羌等率兵二十万，一起北征代政权。当时代王拓跋什翼犍先后命白部、独孤部及南部大人刘库仁抵御，但都以失败而告终，拓跋什翼犍只得退回到漠南，并在前秦军稍退时，返回都城盛乐。此时，拓跋斤挑拨拓跋什翼犍子拓跋寔君，令其起兵杀死父亲及其他弟弟。前秦军闻讯亦立刻出兵云中，代政权被前秦所灭。

在俘获了拓跋寔君之后，前秦统一了北方。此时，对于苻坚来说，阻挡在自己面前的，唯有此时还占据南方的东晋。不过在正式开战之前，苻坚先试探性地对东晋发动了一次进攻，虽然这次前秦成功围攻了重镇襄阳，但是其他几路军均被东晋击退。

然而，成功夺取襄阳后，让苻坚对东晋产生了轻敌的情绪。公元 382 年，苻坚派吕光领兵西征，讨平西域，而在第二年苻坚就轻率地发动了淝水之战。最终，苻坚八十万大军一溃千里。

淝水之战后，前秦元气大伤，早有异志的各部首领纷纷举兵反叛，建立割据政权。先是慕容垂逃回前燕故地称王，慕容宗族的子弟跃马披甲，遍地狼烟；拓跋什翼犍之孙拓跋珪也在牛川称王；姚苌等人也重新崛起；丁零、乌丸相续起兵反叛。北方又一次四分五裂。

此外，在长安城内，昔日英武绝伦的苻坚在面对慕容冲的反叛时居然没办法，拿出一件锦袍相示，想让慕容冲念及旧谊。可惜慕容冲并不买账，苻坚更是怒火中烧。

慕容冲和苻坚在长安城周围鏖战数月，最终，苻坚听信谶言“帝出五将久长得”的话，出走王将山，只留太子苻宏守城。慕容冲纵兵大掠长安，死者不可胜计。

苻坚逃到五将山，姚苌派兵包围了他，前秦兵溃败。姚苌大将吴忠把苻坚抓起来送到新平，继而姚苌又派人向苻坚索要传国玉玺。对此，苻坚说道："玉玺已送到晋朝那里，你得不到了！"姚苌于是又派人想说服苻坚，把皇位禅让给他。苻坚大骂："禅代，是圣贤的事。姚苌是叛贼，有什么资格做这事！"不久，姚苌命人将苻坚绞死于新平佛寺内，享年四十八岁。

堂堂一代雄主，竟然在淝水之战溃败后的三年内众叛亲离，先是被慕容冲赶出长安，而后又在新平被姚苌弑杀。对比之前，他并吞八荒的豪迈，让人唏嘘。

当时更有三年寿，石勒寻为关下囚

——祖逖的一生

策马行行到豫州，

祖生寂寞水空流。

当时更有三年寿，

石勒寻为关下囚。

——唐·胡曾《咏史诗·豫州》

唐朝末年，藩镇割据，黄巢更是掀起了一股摧毁整个唐朝的飓风，而作为中原腹地的河南则是被摧残得最为严重。作为一个咏史怀古的诗人，胡曾在经过河南战场之际，挥毫写下了这首咏史诗《豫州》，感慨人间再无祖逖这样的英雄，同时对祖逖壮年而逝深表遗憾。

那么，被胡曾寄予厚望的祖逖究竟是何许人呢？他的离世对当时的形势有什么影响？对后世又产生了什么影响？

“闻鸡起舞”，形容一个人奋发向上。而故事的主人公则是两晋时的两位著名将领——祖逖和刘琨。祖逖和刘琨年轻的时候都在司州担任主簿。他与刘琨感情深厚，不仅常常同床而卧、同被而眠，而且还有着共同的远大理想：建功立业，复兴晋朝，成为国家的栋梁之才。一次，半夜里祖逖在睡梦中听到公鸡的鸣叫声，他一脚把刘琨踢醒，对他说：“你听见鸡叫了吗？”刘琨说：“半夜听见鸡叫不吉利。”祖逖说：“我不这么想，咱们干脆以后听见鸡叫就起床练剑，如何？”刘琨欣然同意。于是他们每天鸡叫之时，起床练剑，剑光飞舞，剑声铿锵。冬去春来，寒来暑往，从不间断。

后来，祖逖被封为镇西将军，而刘琨做了司空，兼管并、冀、幽三州的军事，都是显赫一时的重镇大员，也算是实现了年轻时的抱负了。

但是，祖逖比刘琨崛起得要晚。当刘琨已经坐镇太原，“一曲胡笳退万敌”的时候，祖逖还在碾转南下呢。

那么，这其中又有怎样的原因呢？原来，刘琨出身名门，西汉中山靖王之后，也是“金谷二十四友”之一。后来这一集团的许多人都相继殒命了，诸如陆机、陆云、潘安、石崇，但刘琨和其兄长刘舆却青云直上，受到后来掌权者司马越的器重。

那时候，正巧刘渊在并州起兵。而刘琨便临危受命，被派往并州的核心地区晋阳，也就是今天的太原，自此刘琨开始了长达近十年的重镇大员生活。而祖逖虽然也出生于世家，但比刘琨差远了，也没有受到司马越等当权者太大赏识，所以仕途很不顺。

衣冠南渡时期，祖逖率领部众南下，成了南移的一分子。但祖逖不是一般的南下之人，而是在南下时，带有众多乡党，有一定军事实力的。对此，司马睿采取拉拢政策，任命祖逖为徐州刺史，率部屯驻京口（今江苏镇江）。

从那之后，祖逖便被闲置在一旁了。直到后来关中危急，晋愍帝的使臣前来江南求救，可当时司马睿志在经营自己的地盘，压根不想前去救援，于是只得喊来手下将领，问他们谁愿意北伐。其实大家明白，司马睿只不过是做做样子而已。只要大家都不表态，那么司马睿就可以搪塞过去了。

可偏偏在此时，有一个人站了出来，并且义愤填膺地说道："侵我家园，害我黎民，凌我君父，大好男儿有责任将其驱逐。末将不才，请命北伐！"说这番话的恰恰就是祖逖。

事已至此，司马睿只得同意了祖逖的北伐请求，象征性地册封他为奋威将军、豫州刺史（当时豫州已被占领），只拨给他一千人马的口粮、三千匹布帛作为军资，就催促他上路了。

当祖逖率兵横渡长江的时候，他回首望了望江南，慷慨激昂地拔出宝剑，奋力敲击着船桨，大声地对部下说道："我祖逖这辈子，如果不能荡平中原，澄清天下，便如这大江流水一般，一去不再回头！"

祖逖有志，可西晋已无实力。渡江之后，祖逖并没有能挽救西晋王朝的灭亡。最终，晋愍帝还是投降了，西晋由此而亡。但在一番努力之后，祖逖成就仍然惊人。他先是收复了一批纵横于河南、苏北、山东一带的乞活军，而后，又在河南争夺战中，击败了石勒的大将桃豹，并在河南站稳脚跟。

紧接着，祖逖又趁势挥军虎牢，大有直捣对手腹地之势。然而，祖逖一生的成就也就止步于此了。祖逖因为虎牢城位置重要，在这里营缮筑垒。这是祖逖生前所做的最后一件事。公元 321 年，祖逖在忧愤中病逝。

祖逖死后，一直忌惮祖逖的权臣王敦立即举兵叛乱，东晋爆发了"王敦之乱"。皇帝司马睿和权臣王敦厮杀在了一起。东晋的内乱让北伐成为泡影。

单于折师惶惶走，千军万马避白衣

——白袍入洛的陈庆之

兴亡盛衰本有期，将相无种信可依。

单于折师惶惶走，千军万马避白衣。

封侯唯憾平侯事，直阁相陈岂缘机？

僧衣虽避刀兵祸，国厄休去怨菩提。

——唐·佚名 《白袍》

这首诗是无名氏所作，说的是国家兴亡在不断变化，人的命运也不是天生注定的。能让北魏将领尔朱荣惶惶的，只是一群身披白袍的兵士。这群兵士的首领，便是我们要说到的陈庆之。

南北朝时期是中国历史上的一个大分裂、大融合的时期。在这个时期，英雄迭起，名将辈出，以傲人的战绩而彪炳青史的将领不计其数。然而，有一人堪称诸将之翘楚，他的横空出世，如流星般闪烁天际，让许多同时代的名将为之黯淡，直叹自己生不逢时。他便是白袍儒将陈庆之。

陈庆之，字子云，义兴国山人，出身寒门。在南北朝门阀等级森严的时代，这样的出身无疑注定他一生都可能难以有所作为。可命运还是眷顾了他，在他十六岁的那年，亲眼见证了他的主人萧衍从一州刺史摇身一变，成了梁朝开国皇帝。萧衍擢升陈庆之为主书。从那时起，陈庆之就散财聚士，有志为朝效力。

时光荏苒，转眼二十四年过去了，此时陈庆之已经是四十二岁了。恰恰就在这一年，陈庆之的人生迎来了机遇，从此，他开启了一段名将之旅。

公元 525 年，已经四十二岁的陈庆之被任命为武威将军，接应徐州的元法僧。陈庆之很顺利地把元法僧接回来，随即他被任命为宣猛将军、文德主帅。而后，萧衍派陈庆之带领两千人马随自己儿子豫章王萧综入镇徐州。

公元 526 年，陈庆之在寿春之战中大获全胜，取得寿阳等五十二座的北魏城池，被加封为关中侯。公元 527 年十月，陈庆之与曹仲宗联合进攻北魏涡阳。陈庆之率麾下轻骑 200 人，突袭魏军，破其前军，魏军震恐。自此，梁、魏两军进入长达一年的对峙。

一年后，梁军兵疲，准备撤军，然而陈庆之力排众议，率军夜袭魏军，最后攻破魏军修筑的全部十三座堡垒。魏军溃散，梁军趁机追杀，俘斩甚众。战后，梁武帝对陈庆之大为赞赏，并亲写诏书进行嘉勉，书曰："本非将种，又非豪家，觖望风云，以至于此。可深思奇略，善克令终。开朱门而待宾，扬声名于竹帛，岂非大丈夫哉！"

短短三年间，陈庆之以少胜多，取得了一个又一个令人惊奇的战绩，最终，将梁朝势力扩展到淮河以北。然而，陈庆之的战绩并未就此止步，接下来的一件事将他缔造成一个后人难以企及的人物。

公元528年，逃难到梁朝的北魏北海王元颢，请梁朝出兵助其称帝。出于战略上的考虑，梁武帝以元颢为魏王，以陈庆之为假节、飙勇将军，率兵护送元颢北归。陈庆之一路高奏凯歌。

五月，北魏上党王元天穆纠集30万人马，合围荥阳城。陈庆之率3 000人的精骑兵背城逆战，大破敌军。鲁安于阵前投降，元天穆、尔朱吐没儿单骑逃亡。随后，北魏尔朱世隆弃虎牢关，北魏孝庄帝元子攸逃往并州。

陈庆之领元颢入洛阳，改元庆贺。元颢以陈庆之为侍中、车骑大将军、左光禄大夫，增邑万户。

短短数月之内，陈庆之以寡乱众，从铚县至洛阳，前后作战47次，攻城32座，皆克。梁武帝闻讯后，再次诏书对其嘉勉。由于陈庆之和部下皆穿白袍，一路上所向披靡，所以洛阳城中童谣传唱："名师大将莫自牢，千军万马避白袍。"

陈庆之的骄人战绩惹来了当时北魏最强悍的尔朱荣登场，尔朱荣究竟有多牛呢？看一下他手下的几个将领，读者就明白了。

李虎，唐朝开国皇帝李渊祖父。

高欢，北齐创建者高洋父亲。

独孤信，三朝国丈，三位女儿分别嫁给北周皇帝宇文毓、隋文帝杨坚、唐高祖李渊父亲李昺。

宇文泰，北周创建者宇文觉父亲。

……

可以说，陈庆之面对的是当时北朝最强悍的一批将领！而尔朱荣更是倾全国之兵，号称百万，从北边南下攻打洛阳。

此时，陈庆之在哪儿呢？黄河北岸的孤城——北中城。其兵力有多少？五千人不到。

在炎热酷暑的夏日，尔朱荣三日内疯狂地发起十一次进攻。即使是这样的狂攻，在陈庆之严密的防守之下，仍安然无恙。此时，如果将陈庆之比作皓月之明！此时的场景便是皓月当空，月明星稀！

一贯嚣张跋扈的尔朱荣在陈庆之面前险些认栽了，尔朱荣甚至一度想要打道回府，不再与陈庆之纠缠。然而，在关键时刻，元颢掉链子了。原来，尔朱荣知道打不过陈庆之，便派人绕道渡过黄河并攻击后方的洛阳。陈庆之率几千人，力保黄河防线不失，而元颢坐拥数万之众却一触即溃。

得知洛阳失守的消息后，陈庆之收拢残军，渡过黄河，向东撤退。尔朱荣亲自领兵尾随，但又怕盯得太紧，被陈庆之反杀。尔朱荣始终与陈庆之保持着一段距离，像是给陈庆之送行一样。

白袍军行进至蒿高，遇上山洪暴发，洪水肆虐而下，白袍军死散殆尽。陈庆之大难不死，落发剃须，假扮僧人，只身返回梁都。

回朝之后，陈庆之又陆续打了几场漂亮的战役，其中最引人注目的一场是在公元 536 年，陈庆之以不多兵力大败东魏大将侯景的七万大军。侯景抛下辎重，只身逃跑。三年后，一代名将陈庆之病死在任上，时年五十六岁。

陈庆之死后数年，一场席卷了整个南方的“侯景之乱”爆发了。南梁在这次战乱中崩塌。

在这次战乱中，南梁国力被掏空，南方十室九空，人口锐减，并失去了四川以及江淮等地。倘若陈庆之还活着，那位昔日的手下败将又岂敢如此放肆！

第四章　门阀之士

昔日戏言身后意，今朝都到眼前来

——簪缨世家琅琊王氏

昔日戏言身后意，今朝都到眼前来。

衣裳已施行看尽，针线犹存未忍开。

尚想旧情怜婢仆，也曾因梦送钱财。

诚知此恨人人有，贫贱夫妻百事哀。

——唐·元稹 《遣悲怀三首·其二》

“王与马，共天下”，这句话道出了东晋初年的政治格局，也让一个家族走向了历史前台。琅琊王氏，这个东晋乃至整个南朝的显赫门阀，在长达三百年的时间里，一直活跃在政治舞台上。从“王谢桓庾”到“王谢萧袁”，任凭朝代更迭，琅琊王氏却屹立不倒。这个家族究竟有着怎样的来历，它又对东晋，乃至整个南朝的政治产生了怎样的影响呢？

为时代而生的王导

琅琊王氏，江左第一。在东晋，乃至南朝近三百年漫长的岁月中，琅琊王氏以其无可比拟的优势，长期左右着政局。而缔造这一功绩的，则是一个叫作王导的人。

王导出身于魏晋名门琅玡王氏，为西晋光禄大夫王览之孙。王导的父亲王裁，官至镇军将军司马。十四岁时，陈留高士张公在见到王导后，非常惊奇，对他的从兄王敦说："这个孩子的容貌气度，是将相之才。"而后来桓温的父亲桓彝更是在见了王导后，惊叹道："向见管夷吾，无复忧矣。"为晋朝平定叛乱的温峤也将王导比作管仲，称呼道："江左自有管夷吾，吾复何虑！"

这么多重要人物给予王导高度评价，那么，以后的王导真如这些人所言吗？影响历史最深的，莫过于他缔造了一项制度，即东晋伊始的门阀制度。

门阀制度，从东汉时期已经开始酝酿，真正把它落到实处的还是曹魏时期推出的"九品中正制"。东晋既然实行的也是门阀制度，那不就是沿袭了魏晋的政治体制？

当仔细地对此研究，不难发现，王导所主导的门阀政治与先前的魏晋门阀政治还是有很大的差异。

然而，东晋历史的特殊之处在于，军事力量是依附于政治力量的。而门阀政治的特点，就是皇权与门阀既合作又对立，而门阀之间也是既合作又对立。

这样来看，东晋的政治模式还真是与前朝有着天壤之别，因为无论是曹魏还是司马炎的西晋，宗室掌兵都是惯例。而改变这一切的，源自王导，正是因为王导攥住了军权，一直无法产生能够完全压倒其他势力的一方，改朝换代更无从谈起。

那么，琅琊王氏又是如何在王导的苦心经营下，一步步地掌握了东晋军权呢?

第一步，掌握青、徐之兵。青、徐两州是当时我国人口稠密地区之一。而当时掌权者司马越考虑到河北、山西一带已被北方和西部少数民族政权占据，所以想把山东、苏北一带的结成一线，作为抵御其南下，保全中原的一道屏障。晋朝统治者迁都到长江以南，那青、徐两州刺史之职相当重要，王导的兄长王敦，时任青州刺史，掌握一部分军队，为南下的建康建立政权出了不少力。

第二步，掌握扬州之兵。扬州所在的浙闽地区当时主要的兵力基本是由当年东吴时期遗存下来的江东大族所把控，随着该地区发生的几次叛乱，最后的军事大权落到了义兴周氏的周玘手中。王导、王敦随着司马睿渡江南下，便与该地区的周玘爆发了矛盾，最后通过一系列斗争，司马睿消灭了周玘，而琅琊王氏也顺带接管了周玘的扬州之兵。

第三步，掌握荆州之兵。虽然司马睿在西晋灭亡之后，建立了东晋，但在东晋初年，其地盘也仅仅局限在扬州等地。当时的荆州是司马越安排王澄管辖，也是作为他经营中原的一步棋，他虽然和王导一样出身琅琊王氏，但与王导不和。而王澄不是个能管事的人，以至于荆州地区长期处于混乱。这个时候，恰恰就给了东晋政府一个带兵平叛的契机。然而，出乎王导意料的是，在平乱荆州的过程中，让荆州地区的陶侃掌握了一部分军马，得以成为一支新兴势力。

后来，王导的兄长王敦，眼看着琅琊王氏节节攀升，也起了不安之心，觉得大权在琅琊王氏的手中，那未来的皇位肯定就是自己的了。于是，王敦发动了两次叛乱，打破了王导的计划。

王导的确想让整个琅琊王氏置于门阀政治的中央，但王导却不想让琅琊王氏取代司马氏。

为了维护门阀政治这一模式，王导也做了很多费解，甚至比较糊涂的事情，比如杀周伯仁，又比如默许郭默擅杀上级的不轨行径。所以王导自己晚年也曾感叹:“人言我愦愦，后人当思此愦愦”。意思就是在当时的政治格局下，“糊涂”是必要的。糊涂的目的无非就是妥协，妥协的目的则是为了维持皇室与门阀以及门阀与门阀之间的政治平衡。

公元339年，王导病逝，终年六十四岁。晋成帝于朝举哀三日，遣大鸿胪持节监护丧事，赠物的礼仪，参照汉代的霍光及安平献王司马孚之例。又过去了八十多年，当晋王朝被刘裕所建立的刘宋取代后，对于前朝所封赐的爵位，刘裕仅仅保留了王导、谢安、温峤、谢玄与陶侃等五人子孙的爵位。

“担当生前事，何计身后评”，虽然从后世的角度来看，王导所创立的那套政治模式未必是最好的，但在那个时代，那样的背景之下，这或许是最适用的。他，诞生于那个时代，担当起了引领一个时代的历史使命！

为政治而生的王敦

“有人的地方就有江湖”，这句话用来形容王敦，恰如其分。

王敦，字处仲，是王导的堂兄。如果说王导在东晋初期把持了东晋的政治，那么王敦则是揽东晋的军权。在司马越构建青、徐以及荆州这道防线时，王敦便被赋予了重要使命。而王敦之所以被司马越赏识，是因为他怼了一个人，这个人是当时富甲一方的石崇。

有一次，石崇宴请宾客的时候，王敦恰好在座。石崇让府中的女子劝酒，结果王敦不买账，不喝。王敦不喝酒，石崇就杀了这个女子，并一连杀了三个人后，同座的王导被吓得要命，便劝王敦喝吧，免得再死无辜的人了。哪知道王敦满不在乎地说道：“自杀伊家人，何预卿事！”看着如此冷酷的王敦，王导百般感慨，叹息道：“处仲若当世，心怀刚忍，非令终也。”这句话似乎一语成谶，冥冥之中预示了王敦未来的结局。

由于王敦敢怼石崇，这让当时和石崇分属不同派系的人都对他刮目相看。不久之后，石崇倒台，紧接着爆发“八王之乱”，最后大权落到了司马越手上。司马越掌权后，便启用了王敦，但是很快司马越被逼死了。

王敦的弟弟王导辅佐司马睿占据了江东后，给这位堂兄抛出了橄榄枝，王敦也顺势南下给东晋保驾护航了。在王敦到达江东后，遇上了他第二个要怼的人，这个人便是义兴周氏的周玘。自从周玘“三定江南”，为国家平定内乱后，义兴周氏便成了当地最有实力的军事集团。如果说没有“衣冠南渡”，或许这样和谐安定的模式会继续存在下去，可偏偏北方的社会动荡又间接地影响到了江东的政治模式。

王敦到来不久，便和周玘怼上了，而王敦和周玘互怼的结果，就是周玘悲愤而亡。

当王敦刚刚解决完周玘，与扬州毗邻的荆州地区出事了，王敦又遇上了自己第三个要怼的人。这个人叫王澄，也是琅琊王氏的人。按资排辈，还排在王敦之前，而且，他也是当年司马越所构筑防御体系中的一环。

当然，这个王澄只是个清谈家，做了荆州刺史之后，无所事事。结果，原本就容易受到中原动乱波及的荆州，很快在王澄手中土崩瓦解，爆发了以杜弢为首的农民起义。荆州乱作一团，这给了东晋介入荆州地区的绝佳契机，领军人物便是王敦。讨逆大军刚刚开拔，王敦就做了一件让众人大跌眼镜的事情，将他的本家兄弟王澄给杀了！原因是因为王澄怠慢了自己。

平定叛乱之后，王敦遇到了他第四个想怼却是他唯一没有怼成功的人——陶侃。

陶侃和王敦不同，陶侃出身庶族，但在荆州期间，他给几位刺史当助手的时候，因其在平叛过程中屡立战功，所以走上了台前。对于这样一个有本事的人，王敦是非常想怼他的，而考虑到自己和陶侃的地位，他可以完全没理由地将其先斩后奏。随即，他便以商议军情为由，召陶侃来武昌见面。陶侃是个明白人，他知道王敦召见自己是个鸿门宴，可是自己又不得不去，只能硬着头皮去了。不过，聪明的陶侃也留了一手，他安排手下带了三千人马驻扎在涢口，以备不测。

结果，这一行为反倒给了王敦机会，陶侃一见面就被王敦怒斥："我好意请你来商议军情，你居然敢调动军队。来人啊，给我把这个意图谋反的家伙拉下去直接砍了！"可是，正当士兵上前将陶侃绑着押出去之际，王敦突然又想到，这个陶侃可是有两次保卫荆州之功，其影响力仅次于当初三定江南的周玘。

最终，再三犹豫之下，王敦还是没有杀陶侃。王敦不会想到，这个差点被自己怼死的陶侃，日后成为继自己之后荆州地区的又一个掌权人。

控制了整个荆州地区后，王敦出奇地膨胀，他觉得自己拥有了东晋一半以上的兵力，他可以去怼更厉害的人了。这一次，王敦把目光聚焦到了皇帝司马睿身上。

公元322年正月，王敦以“清君侧”的名义起兵，表示要诛杀皇帝身边的佞臣。随后，王敦兵分两路，水陆并进，直指建康。王敦打进建康城后大开杀戒，杀害了当时朝中不少正直的大臣，其中就有“我不杀伯仁，伯仁因我而死”的周伯仁。

当然，王敦此刻最想杀的是司马睿，毕竟是自己夺权，如果不代之，后患无穷。但是王敦的弟弟王导在内的琅琊王氏官员都反对此举，王敦只好作罢。

经此一事后，司马睿郁郁而终，紧接着，最让王敦不爽的太子司马绍登基了，是为晋明帝。而晋明帝刚一登基，便派自己的师傅温峤打入了王敦内部，掌握了王敦对朝廷的一切动向。而后，晋明帝便突然发起了总动员，对王敦不宣而战。

气急败坏的王敦愤怒了，他决心再去怼一次司马绍。但是，这次他却无奈地觉得，自己已经怼不动人了。他老了，也病了，在身体极度虚弱的情况下，他决然地再次竖起起兵的大旗，但是无人响应。王敦输了，他死于军中，而作为失败者的代价，他落得了满门抄斩的结局。

为艺术而生的王羲之

王羲之算是琅琊王氏的一个旁支之人，大名鼎鼎的王导是他的堂伯父，加之在他出生的那个年代，朝中大权已经开始向庾家倾斜。然而，王羲之因“东床快婿”而走向了政治舞台。王羲之十六岁的时候，正遇上当时的名将郗鉴择婿，郗鉴是东晋初年为数不多既能打仗又爱国的人。但是，在那个时代，郗鉴虽握有军权，却算不上一流门阀，所以他找到了当时琅琊王氏的掌门人王导。王导本就有意和郗鉴结亲，如今听他提起此事，便说道：“那好啊，我家里子弟很多，就由您到家里挑选吧。凡你相中的，不管是谁，我都同意。”

随后，郗鉴命管家，带上重礼到了王丞相家。王府子弟听说郗鉴派人觅婿，都仔细打扮一番出来相见。王府管家寻来觅去，发现少了一人。王府管家便领着郗府管家来到东跨院的书房里，就见靠东墙的床上有一个袒腹仰卧的青年人，对郗鉴觅婿一事，无动于衷。郗府管家回到府中，对郗鉴说："王府的年轻公子有二十余人，听说郗府觅婿，都争先恐后，唯有东床上有位公子，袒腹躺着，若无其事。"郗鉴说："我要选的就是这样的人，快领我去看看。"郗鉴来到王府，见此人既豁达又文雅，才貌双全，当场下了聘礼，择为快婿。

和郗鉴结亲，确实为王羲之在后来仕途上助力不少。王羲之后来官拜右将军，与其说沾了琅琊王氏的光，倒不如说与郗鉴有关。

王羲之的从政生涯恰巧经历了东晋殷浩的执政时期。殷浩当时是会稽王司马昱搬出来制衡荆州日益强大的桓温的。当然，大权在握的殷浩也确实如司马昱期待的那样，想尽一切办法对抗桓温。而王羲之作为殷浩的副手，却时不时地叮嘱殷浩要以国事为重。

殷浩不听，开始筹划北伐。王羲之仍是不断地劝导殷浩：北伐是必须的，但是毫无准备，纯粹因意气用事而进行的北伐只会自惹事端。殷浩依旧不听。

公元 353 年，王羲之、谢安等人在会稽兰亭聚会后不久，就传来了殷浩的七万北伐大军覆没的噩耗。不难想象，朝野推崇的殷军一夜之间成了过街老鼠，而骂得最响的不是远在荆州的桓温，而是昔日副手王羲之。王羲之直接上书，对其大骂："自寇乱以来，处内外之任者，未有深谋远虑，括囊至计，而疲竭根本，各从所志，竟无一功可论，一事可记，忠言嘉谋弃而莫用，遂令天下将有土崩之势，何能不痛心悲慨也。任其事者，岂得辞四海之责。"

随后，王羲之给殷浩写了一封信："为揽名利而急于去争战功，不是现在应该做的。现在朝堂之上的官员目光短视，以肆意挥霍国家的资源去实现自己想要追求的梦想，结果却寸功未立！"指出了殷浩的短见。

此时的殷浩因为丧师失地，引来朝野上下攻击，桓温更是上书"殷浩可杀"，所以王羲之在上书痛斥了殷浩的错误之后，又再次上书以保殷浩性命。王羲之在上疏给司马昱的奏折里说道："殷浩虽然让国家蒙受耻辱，但是他喜欢收复失地，增强国威的心没有错。身为臣子，哪个不希望君主的事业兴隆昌盛呢？只是时势并非人力所能扭转，如今敌我实力悬殊，成功未可预期。遗民损失殆尽，劳役毫无时限，征敛日益严重，以区区吴、越之地去征服统治天下十分之九的广阔地区，不灭亡又会怎样呢！不权衡自己的德行与力量，不彻底失败就不善罢甘休，这就是国内人士所痛心疾首而又不敢直说的话。”

最后，他还诚恳劝谏会稽王，过去的已经无法挽回，但未来的还可以补救。“希望殿下再度三思，先奠定不可战胜的根基，等到根基牢固、势力强大时再做图谋，为时不晚。如果不这样做，恐怕危险就会降临到我们江南！希望殿下能暂时放弃虚华高远的想法，以挽救眼前的危急局势，这可以说是以亡图存，转祸为福。”

王羲之认为，稳固东晋政权的上策莫若固守淮水的疆界。在淝水之战前，淮水是东晋与前秦的边界，也是建康的第一道防线。如果淮水不保，长江亦将告急，整个建康便暴露在前秦的进攻范围之中。

从王羲之的处事来看，他不仅懂政治，而且还洞悉人情世故。

苍生寄托伤温浩，青史功名冠石玄

——芝兰玉树陈郡谢氏

云水东山春放船，谢公裙屐忆当年。

苍生寄托伤温浩，青史功名冠石玄。

扪虱有人知唳鹤，围棋无暇笑投鞭。

始宁残墅今何处？惟听风泉似管弦。

——清 · 阮元 《过谢氏东山》

公元 4 世纪，一场名为“淝水之战”改变了整个中国历史的进程，而筹划这场战役的人为谢安石。五百多年后，一场力图改变一个王朝命运的变法主导者也选择了“安石”这个名字。又过了近四百年，明太祖朱元璋为加强藩王力量，便称道：“帝王自有弓马，岂赖谢家？”陈郡谢氏，这个家族究竟有何魅力，闪耀于六朝的同时又对后世产生了怎样的影响？我们不妨从那些名噪一时的谢家子弟身上，一探究竟吧。

名士

公元 372 年，刚刚登基一年多的东晋简文帝司马昱病重，在临终前，留下诏书：“大司马桓温依周公居摄政事。少子可辅者辅之，如不可，君自取之。”这一幕类似于刘备临终托孤，与其说司马昱是在试探桓温，倒不如说是形势所迫之下的无奈之举。

他和刘备不同，诸葛亮是刘备的臣子，而他则更像是桓温的臣子，因为他是被桓温拥立上位的。然而司马昱虽然看得开，可朝中大臣却不愿意大权旁落，经过侍中王坦之的斡旋，司马昱最终更改诏书，任命谢安、王坦之、王彪之三人为顾命大臣，堵死了桓温夺权之路。

当面对桓温的大军压境时，谢安在新亭神态自若地应对桓温。桓温只能罢兵西归，一代枭雄迷梦破碎，东晋的命运由此得以转折。那么，区区一个谢安，何以能使挟天下之众的桓温望而却步？

谢安在家中排行老三，自幼聪明。四岁时，时任尚书吏部郎桓彝（桓温之父）看到他，大发赞叹：“这孩子风俊神清，以后肯定不啻王东海（王东海即王承，是晋朝一代名臣）！”稍大一些，谢安更是气宇非凡，甚至被誉为“王与马，共天下”的丞相王导所赞叹。

长大后，谢安无心仕途，终日隐居在会稽的东山，与支道林、王羲之、许询、孙绰等人一起谈文论诗，借以自娱。永和九年的兰亭集会，谢安也参与其中的吟诗作对，王羲之更是留下千古名篇《兰亭集序》。

有一次，谢安和孙绰等人相约泛舟海上，不料，海上起了大风，一时间波涛汹涌，浪卷云翻，同伴们都大惊失色，想要马上返回。只有谢安一个人游兴正浓，吟啸诗文，若无其事。这时更加风急浪猛，小舟像一片树叶在惊涛骇浪间翻转，其他人惊恐万状，谢安却从容地说：“如果这都乱成一团，我们就回不去了。”大家这才平静下来，船得以平安驶回。从此，谢安的朋友对他有了一个共同的认识：跟着谢东山，踏实，放心。谢安虽然隐居在东山，可名气越来越大，曾多次有人举荐他出仕。

庾亮死后，其弟扬州刺史庾冰把持朝政，早闻谢东山的名声，便几次派人邀请谢安。虽然谢安极不情愿，但也不好意思拒绝，便去应召。然而短短一个月，谢安因受不了官场习气便辞官了，而后回东山一待又是七年。

七年后，朝中局势发生了新的变化，烜赫一时的庾氏家族没落了，新兴的后起之秀桓温正在筹划西征灭蜀大计。此时，桓温上报朝廷，让谢安做他的司马，谢安直接以世道难行为由，断然拒绝了桓温的邀请。

虽然桓温没能将谢安收揽到帐下，但谢安兄长谢奕成了桓温幕僚。不久，谢安弟弟谢万，堂兄谢尚也分别出仕，一时间谢家门前车水马龙。此时，谢安的夫人刘氏看着有些眼红了，她经常指着那些飞黄腾达的亲戚，对谢安说："你看看人家，你再看看自己，难道大丈夫不应该如此？"谢安也不羞愧，也不气恼，只是悄悄地对夫人说："恐怕我以后也不免要这样。"此时，谢安的夫人以为谢安是在吹牛。不过，历史证明了谢安所言非虚。

事实上，谢安出仕是为了整个家族利益，但目前由于几位家族兄弟还能撑住谢家的场面，所以他仍旧屡次拒绝朝廷的征召。

于是，当谢安弟弟谢万兵败被废为庶民时，谢安明白，如果自己再不出山，那么陈郡谢氏的政治便宣告终结了。为了保住家族地位，也为了施展自己的抱负，谢安正式决定步入仕途。不久，谢安受桓温之邀，担任征西大将军府的司马。然而，虽然桓温对谢安礼遇有加，可谢安最终还是离开了桓温。

谢安离开了桓温，便站在桓温的对立面了。在那个时代，凡是与桓温作对的都没有好下场。然而，谢安居然淡定地劝退了桓温，淡定地劝和了桓冲，也淡定地剔除了另外两位顾命大臣在朝中的大权。随后，谢安独揽大权。

当然，独揽大权的谢安面对的是北方的前秦苻坚，因为苻坚准备发动对东晋的灭国之战。

面对苻坚的大军压境，谢安组建了一支北府军，并且交由他的侄子谢玄统领。谢玄在当时桓冲的眼中，不过是个“谢家小儿”，不被大家所看好。在开战前，前秦军和北府军的比例是 8：1，面对如此悬殊的实力，谢安依旧选择了他淡定的处世方式，游山玩水，下棋作乐。

然而，历史再次在他淡定中出现了吊诡的走向。公元 383 年十一月，谢玄遣刘牢之以五千精兵奇袭前秦军，取得洛涧大捷。十二月，双方决战于淝水，谢玄、谢琰和桓伊率领晋军七万战胜了苻坚和苻融统率的十五万前秦军，并阵斩苻融。淝水之战以晋军的全面胜利而告终。

当胜利消息传来之时，谢安正在与客人下棋。他看完捷报，便放在座位旁，不动声色地继续下棋。淝水之战的胜利，使谢安的声望达到了顶点。

虽然淝水之战将谢安推到了人生的顶点，但不可避免的颓势也渐渐地展现在他的面前。

公元 384 年八月，谢安挟战胜之势起兵北伐。东路的谢玄率领北府兵自广陵北上，一路收复了兖州、青州、司州、豫州，西路的桓氏则出兵攻克了鲁阳和洛阳，并收复了梁州和益州。

正当谢安准备一鼓作气，挺进河北之际，他的女婿连同朝中反对派向孝武帝司马曜进谗言。久经宦海沉浮的谢安，淡定地交出了权力。不久之后，谢安病重，于公元 385 年八月辞世，享年六十六岁。

政客

公元 422 年五月，宋武帝刘裕病重，他召来太子刘义符面授机要："檀道济虽有干略，而无远志，非如兄韶有难御之气也。徐羡之、傅亮当无异图。谢晦数从征伐，颇识机变，若有同异，必此人也。小却，可以会稽、江州处之。”

刘裕为刘义符安排了四位顾命大臣，对檀道济、徐羡之、傅亮都表示无忧，唯独对谢晦表示了深深地担忧，并要求刘义符坐稳皇位之后，要立即将其处之。那么，刘裕口中的谢晦，究竟是何人，为何能让一代雄主刘裕如此提防呢？

自从谢安、谢玄相继离世后，陈郡谢氏风头渐弱，尤其是当驸马谢混站在刘裕的对手刘毅一边时，更是加剧了谢家在朝中的尴尬地位。好在谢晦的及时出现，让东晋实际掌权人刘裕和谢家的关系有了缓和。

谢晦的祖父是东晋东阳太守谢朗，而谢朗是谢安兄长谢据的长子。谢晦和谢安子嗣相对疏远，谢晦的入仕是由孟昶举荐的。而后，谢晦到了刘裕幕僚刘穆之的手下任职。

谢晦在处理诉讼案件时，常常是快而不犯错，这引起了刘裕的注意。在“义熙土断”中，刘裕便委派谢晦负责处理最棘手的扬州、豫州地区的问题。谢晦出色的表现，让刘裕很满意，随后，担任起了刘裕的随军主簿。

公元 417 年，刘穆之去世，刘裕悲恸不已。当时，谢晦听到此消息后，非常高兴。为了验证刘穆之的死讯是否属实，谢晦还做了个非常乖张的举措——亲自前往刘裕帐中打探消息，其内心的冷酷或许在那时被刘裕所察觉。

刘穆之已死，谢晦就被任命为从事中郎，而后青云直上，官拜中领军，乃至中书令，受刘裕托孤之重。

诚然，谢晦的才能是刘裕委以重任的原因，但他在刘穆之死后的一系列做法，却不由得让刘裕心怀戒心。更重要的是，谢晦甚至干涉了刘裕晚年的立储问题，这犯了大忌。然而，刘裕的担忧终究变成了现实，而现实的发展更是出乎他的预料。

在皇帝位置上做了一年不到的刘义符，由于耽于玩乐，以至北魏犯境时，无力阻挡，四位顾命大臣都生了二心。在谢晦的鼓动下，最终演变成了废君、弑君！

公元424年，徐羡之、傅亮、谢晦、檀道济四人谋划，废少帝为营阳王，把其囚禁在了苏州。而后，傅亮溯江而上，迎立刘裕第三子宜都王刘义隆入京即位，是为宋文帝。

其实，谢晦所走得这条路被他的哥哥谢瞻所忧虑。当时，弟弟谢晦担任右卫将军，恩遇宠厚，权势显赫。谢晦从彭城回到京城接家眷，一时宾客车马辐辏。此时，谢瞻正在家中，见到这种情景，很是惊骇，他对谢晦说：“你的名位还不高，而士人归趋竟到了这种地步。我们家一向以清淡谦退为家风，不愿干预政事，交游的人不过是亲戚朋友，而你竟然势倾朝野，这难道是家门之福吗？”谢瞻于是用竹篱隔开门院，并且说：“我不愿意见到这种场面。”

事后，出于对弟弟的不放心，谢瞻向刘裕苦谏道：“我本来是寒素之士，父亲、祖父的官位也都没有超过二千石之职。我弟弟谢晦年纪刚至三十岁，德行浅薄，能力平庸，但荣冠台府，位任显密，只怕福过灾生，不久就会应验。我特地请求你把他降职贬官，以求保住我们这衰微的家门。”对此，刘裕没答应。

谢瞻临终时，给谢晦留下遗书：“我侥幸能够四体保全，死于正寝，归埋家乡，葬于山麓，哪里还有什么更多的遗憾呢？弟弟，你要勉励自己，既为国，也为家。”但是谢晦被一时的权力光芒所笼罩，对哥哥的话置若罔闻。

即使闯下废立君主这样的滔天大祸，谢晦还依然觉得自我良好。他向徐羡之和傅亮提议，由他俩在朝秉政，自己出镇外藩，双方互为犄角，以作声援。公元424年，也是刘义隆刚刚登基的那一年，刘义隆便在徐羡之等人的授意下，任命谢晦为抚军将军、荆州刺史等职。

谢晦在赴任荆州刺史前，非常得意，认为一切尽在自己掌握之中。为此，他特地去与堂叔谢澹（谢安之孙）辞别。但是，谢晦却在堂叔那碰了钉子。谢澹问谢晦多大了，谢晦回答说："三十五岁。"谢澹笑道："从前荀羡二十七岁便当上北府都督，你与他相比，已算是老了。"听后，谢晦脸上露出惭愧的神色。

谢晦只听出了其堂叔的一层意思，即自己做一方镇将的年纪比起荀羡，确实是年龄比较大了。但他似乎并没明白其堂叔举荀羡例子的另一层意思：此人成名虽早，但也死得早。荀羡死时才三十七岁，谢澹这番话隐约透露出谢晦的结局。

从表面上看，这是刘义隆对谢晦委以重任，一切都在谢晦的掌控之中，但实际上不过是刘义隆的一招障眼法。两年后，即公元426年，坐稳龙椅的刘义隆便以迅雷不及掩耳之势发动突袭，调动军队一举诛杀留在京师的辅政大臣徐羡之和傅亮。随后，刘义隆诈称北伐北魏，由檀道济率大军西进荆州，征讨谢晦。谢晦举兵应战，倾巢而出，声势浩大。

最后，谢晦全军覆没，他也在北上逃窜途中，为地方官擒获。谢晦被用囚车押送到建康，与弟弟谢皭、谢遯，侄子谢世基、谢世猷等人一同受审。临行刑前，谢世基赋诗："伟哉横海鳞，壮矣垂天翼，一旦失风水，翻为蝼蚁食。"谢晦为其续道："功遂侔昔人，保退无智力。既涉太行险，斯路信难陟。"活得最好的时候，把一切推给命运。活得最倒霉的时候，也愿意把其归咎于命运。

谢晦的女儿此时身为彭城王妃，前来诀别时哭道："父亲！大丈夫应该死在战场上，怎么在闹市被杀？"说完哭晕过去，行人无不落泪。谢晦死时，年仅三十七岁，与荀羡等同。

诗人

"脚著谢公屐，身登青云梯。半壁见海日，空中闻天鸡……"李白的一首《梦游天姥吟留别》诗流传千古，直至今天乃是脍炙人口的佳作。诗中的谢公，即谢灵运，是一位难得的诗人，与谢朓并称为"大小谢"。

作为陈郡谢氏的一员，谢灵运在此之前曾是宋武帝次子刘义真的诗文好友，但随着刘义真的倒台，他也受到了牵连，被治罪。后来，虽然新登基的宋文帝赦免了他的罪，但没过多久，传来谢晦被杀的消息，这让谢灵运顿时怀疑人生。

谢灵运隐居时，他搞起了变相的圈地运动，仗着自己家财殷实，把很多公共山川都圈占了。这件事情惊动了宋文帝，结果一纸诏书，把他召回了京师。

宋文帝仰慕谢灵运，非但没有降罪于他，还满足了谢灵运走仕途的愿望。但恰恰是宋文帝的不怪罪，更助长了谢灵运的倨傲。宋文帝给谢灵运安排的工作是秘书监，让谢灵运负责整理藏书、撰写晋史。对此，谢灵运感到很失望，认为宋文帝不过是把他当作标榜风雅的工具而已。

原本宋文帝是安排谢灵运撰写《晋书》的，结果，他不写书，也不上朝。他整天带着自己的家仆，打理自己的后花园，或者和族侄谢惠连等人一道，出城游玩，远至二百多里，十多天不回京。所以，谢灵运的这一行为，很快招来了大臣对他的弹劾。

宋文帝知道谢灵运为何如此抗拒自己的安排，同时他也并不想因为此事而怪罪于谢灵运，毕竟自己刚杀了谢晦没多久，再杀一个谢灵运，那皇权和士族之间的裂痕会更大。

很快，谢灵运见到了皇帝委派的中书舍人，中书舍人向谢灵运传达了皇帝的意思：希望你主动请辞。其实，谢灵运早就不想干了，他便上表，说自己身染疾病，请求辞去所有职务。

后来，宋文帝自己觉得过意不去，又将谢灵运任命为临川内史。可是，这让谢灵运倍感侮辱：我堂堂贵胄之后，你却让我做寒门子弟都有资格做的官职，分明是在侮辱我！

谢灵运仍是纵情山水，不管政务，但这一次他就没那么幸运了。果然，这一次朝廷抓了他。

觉得受了侮辱的谢灵运居然大笔一挥，写下“韩亡子房奋，秦帝鲁连耻”的诗句，他把自己比作张良、鲁仲连，把刘宋比作暴秦。仁慈的宋文帝最终还是选择了从轻发落，没有要谢灵运的脑袋，只是将其流放广州。

但是，从鬼门关前走了一遭的谢灵运，还是没有意识到自己究竟犯了什么罪。他在流放途中，指使自己的门客劫囚车。可惜，计划泄露，劫囚车的人被抓。这一次彻底触怒了宋文帝，宋文帝直接下诏将谢灵运弃市广州。

晋《刑法志》记载：“斩刑者罪之大，弃市者罪之下。”南朝宋、齐、梁、陈，都有弃市之名，皆谓绞刑。由此可知，谢灵运受得应是绞刑，而非斩刑，绞刑之罪稍次于斩刑。时年四十九岁。

作为一个文人，谢灵运是相当成功的，就像他自己说的一样，完全担得起一斗之才。但是，他却天生不适合做一个政客。

假饶眼耳浑相似，正恐肝肠自不同

——权杖谯国桓氏

亦恶人言如处仲，爱闻伎说似司空。

假饶眼耳浑相似，正恐肝肠自不同。

——宋·赵文 《桓温》

这首诗是宋朝赵文写得一首点评桓温的诗，作为谯国桓氏在六朝时的丰碑，桓温的形象是多面的，既有独断专行如王敦（王处仲）的狂横，也会因别人称呼其酷似司空刘琨而狂喜，也许正是这爱憎分明的性格，让桓家在六朝士族中格外与众不同。

与琅琊王氏家族不同，谯国桓氏家族在本质上更像是一个军事集团，他们家族的成员，盘根错节地扎在荆州。可以说，这个家族也跻身于东晋四大家族（王、谢、桓、庾）之列。

枭雄桓温

公元 345 年，王导表外甥何充在府内正犹豫举荐何人担任荆州刺史，以顶替庾家所推举的庾爰之。此时，何充的密友刘惔却说道：“想要顶掉庾爰之有何难？我推举一人，必胜庾爰之十倍。”

何充听之一振，便说道：“刘郎休要骗我，能胜庾家小儿十倍之人，我又岂会不知？况且，真有此能人，那庾家还会同意？”刘惔起身，笑着说道：“何公放心，此人可了不得，其祖当年为曹爽‘智囊’，其父又是帝师温峤的生死之交，其人面貌雄壮，有孙仲谋之态。更重要的是，推举此人，庾家定然同意！”何充听刘惔一番夸赞，又连忙问道：“此人莫非是桓温？”刘惔说道：“明皇帝女婿，成，康二帝姐夫，当朝陛下姑父，驸马桓温！”听后，何充拍案而起，说道：“不用想了，就是他了！”

何充不经意间的一个决定，竟然开启了东晋王朝一个时代，而这个叫桓温的人缔造了一个王朝的辉煌，他的一生更是东晋王朝中期一个时代的缩影！

桓温的先祖叫桓范，也就是当年司马懿发动“高平陵之变”后，侥幸逃脱出城，煽动曹爽挟天子以令诸侯，是抗衡司马懿的智者。因此，桓家之人历来就不被司马家之人待见。

然而，到了桓温父亲桓彝这一代时，随着永嘉之乱，国家很快又进入到无序和混乱之中。作为有志青年的桓彝，和后来的帝师温峤相知，成了一对堪比刘琨、祖逖相媲美的生死之交。而桓温，恰恰出生在这个战火纷飞的岁月。据说，桓温刚出生时，桓彝很高兴，他告知温峤，想以温峤的姓为孩子之名。温峤看了刚刚出生的桓温，也是很开心，说道："这孩子天生一副奇骨，是世间少有的英雄，只怕以后我也得改名，避他的讳了。"

可惜，天不遂人愿，一场突如其来的变故，让桓氏家族走到了濒临崩溃的绝境！

那一年，苏峻之乱爆发，桓彝作为一方藩将，也就成了苏峻争取的对象。对于苏峻，桓彝理解其造反苦衷，但坚决不与之同流合污。后来，桓彝的属下江播投靠苏峻的部将韩晃，并联手杀害了桓彝，而此时的桓温已是十五岁的少年。桓家比不上王、谢家，在南渡到江东的这批门阀中，桓家底子薄，根基浅。桓彝作为桓家的顶梁柱，他的死，意味着这个家族极有可能走向没落。

当父亲的挚友温峤辞世后，桓温更加倍感世态炎凉。他发觉，要想重整家门，只能靠自己！于是，桓温拒绝别人的怜悯与施舍，他白天努力做工补贴家用，夜间苦练武艺，以图东山再起。

然而，三年后，杀害他父亲的江播居然寿终正寝了，而桓家的家境依旧没有多大的好转。

江播或许这些年对桓温的境遇也略有耳闻，临死前也嘱咐三个儿子，要小心桓温上门寻仇，所以，江播三子对桓温提高了警惕性。但是，江播三子还是无法预料到桓温来得竟如此之快，他居然化装成吊唁之人，悄悄混入府中。而后，桓温脱下装束，拔出宝剑，干净利索地杀死了江家三子。此时，桓温大仇已报，剩下的就是等待命运的安排了。

然而，命运似乎有了好转，桓温娶了晋朝公主。他从徐州到荆州，一路升迁，桓温从一隅偏将成了封疆大吏。

在他坐镇荆州的第三年，桓温便以一支偏师，溯长江而上，攻灭割据在此的成汉政权，收复沦陷了四十多年的益州，其威名大震。

四年后，中原大乱，后赵政权日益腐朽，桓温多次请求北伐，收复中原，却遭到了晋朝皇帝的拒绝。

又过了三年，被朝廷寄予厚望的殷浩北伐接连失利，引发举国声讨。桓温上书弹劾殷浩，并揽过了北伐事宜，而这一年，桓温才四十一岁。

而后，桓温，一伐关中，兵至灞上；二伐中原，军入洛阳。

从此之后，桓温又利用自己煊赫的权势，打击士族豪强，清查隐匿人口，极大增强了国力，史称“庚戌土断”。

然而，这一切都在桓温五十七岁时发生了天翻地覆的变化。这一年，桓温北伐关东的前燕，却遇到了慕容垂以“焦土计划”进行殊死抵抗，先胜后败，为桓温的北伐事业抹上了阴影。

战后，曾经的同僚背弃了他（袁真反叛），曾经的幕僚抹黑了他（孙盛写《晋阳秋》侮辱桓温），曾经的政敌更是落井下石（司马昱攻讦桓温）。

秋风萧瑟，病中的桓温在新亭见到了刚刚成为晋朝新宰执的谢安，十万兵马临前，谢安依旧泰然自若，谈吐得体。那一刻，桓温似乎明白了，自己一生所争的，不会再属于自己的。那一刻，他彻底明白了，自己的时代已经终结，面前这个叫谢安的年轻人会开启一个全新的时代。

公元373年，毁誉参半的桓温逝世，临终前，他还念念不忘请求朝廷给他赐九锡。

英雄桓冲

桓温临终前，没有选择年纪最大的弟弟桓豁，更没有选择长子桓熙接班，反倒是把桓家的领导权交给了幼弟桓冲。这个举措，出人意料却又在情理之中，要想解开大家的疑问，还得从桓冲的个人生平说起。

桓冲的父亲桓彝死时，他的大哥桓温才十五岁，兄弟们都很年幼。当时桓家家徒四壁，而母亲又身患怪病，要用羊肉做药引子。由于当时家里根本没有钱买羊，桓温就以桓冲为抵押，去和卖羊之人换羊。卖羊之人对桓温说，不要桓冲作抵押，却愿意为桓家养育桓冲。后来桓温发迹，赎回弟弟。

桓冲自从被桓温赎回后，便得到了兄长的格外照顾。他修文习武，很快便成为了一个文武双全的领军之人。而桓冲便在桓温第一次北伐前秦的行动中立下了大功，击败了当时前秦最强悍的苻雄，而苻雄恰恰就是后来统一北方的苻坚之父，桓冲也由此一战成名。

之后，桓温奏请朝廷，将桓冲委任为江州刺史，成了一方要员。要知道，那时候桓氏家族，担任州一级的刺史不过桓温、桓豁、桓冲三人而已。而桓温弥留之际，便将自己的官职悉数上奏朝廷，转加于桓冲头上，奠定了桓冲在桓氏家族的地位。

面对煊赫的集权，桓冲选择了低调。他率先向朝廷提出，归还扬州刺史的决议，并将之前的驻地从姑孰内迁。当然，桓冲的做法在桓氏家族内部引起了轩然大波，桓温一生筹谋，好不容易将桓家的势力从荆州渗透到了扬州，这说撤就撤，让众人不服。因此，以桓温长子桓熙为首的家族内部成员，发起了对桓冲的抵制，结果被桓冲轻而易举地压下去了，桓熙不但失去了世子之位，还遭到了流放。

有人会不解，大权在握的桓冲为何向朝廷示弱呢？其实，一方面是桓冲性格所致，另一方面是当时的形势使然。桓温临死前，桓冲曾问过桓家未来走向，桓温只说了一句：东边的谢安不是你等可以制服的，我死之后，安分守己，勿生事端。桓冲很听话，同时他也确实知道谢安的才干不在自己之下，所以他选择了示弱。而桓冲的示弱也让谢安主导下的朝廷转变对桓氏家族的看法。桓冲刚辞了扬州刺史，谢安又任他为徐州刺史，治所从姑孰搬到了京口，离国都更近了。

在形势趋于稳定后，谢安才让王蕴接替了桓冲，但仍让桓冲任车骑将军，改镇姑孰。公元 377 年，桓冲兄长桓豁去世后，桓冲都督荆、江、梁、益、宁、交、广七州诸军事，正式将桓家势力撤到了荆州地区。

自此，桓冲驻镇荆州，控制长江中游，谢安则控制扬州，负责长江下游和京师的防卫。两人形成合力，守卫着东晋的安全。作为一个官场上摸爬滚打的政客，桓冲的思想并非白纸一张，他也有欲望。但是，他却能以国事为重，克制欲望。

假如桓冲选择起兵反叛，姑且不谈他是否会成功，最起码他会削弱东晋的实力，让其四分五裂。

桓冲摆正了自己的姿态，以谢安为首的朝廷也没有对其赶尽杀绝，可谓“英雄惜英雄”。桓冲在成就他人的同时，也成就了自己。但是，就在桓冲刚刚调整好桓家与朝廷的关系后，统一了北方的苻坚便以泰山压顶之势来袭，发动了对东晋的战争，淝水之战由此打响。

开战前夕，在扬州一带的江东地区，是由谢安、谢玄组建的隶属于中央政府的北府军，抵御来自江淮地区苻坚的侵扰。在荆州地区，桓冲掌控着兄长桓温所遗留下来的十万荆州军，任务是负责抵挡来自中原和蜀中的双向军事压力，确保长江中游的防御安全。所以，桓冲的压力并不轻，但是他不仅成功阻止了前秦的水军，也牵制了苻融和慕容垂的部分兵力，为淝水之战的谢安消除了后顾之忧。

虽然在政治上，桓冲敬重谢安，但是从行军打仗来看，久经军旅的桓冲当初对谢安表示怀疑，甚至悲观地对手下说："打完这场仗，我们估计都要成为北方少数民族政权的手下败将了。"

然而，结果出人意料。当淝水之战的捷报传到荆州时，桓冲正在打猎，听到捷报后，对左右护卫说："群谢年少，大破贼。"但由于平日里，桓冲食用五石散过量，在淝水之战胜利后没多久，桓冲便去世了。

奸雄桓玄

与飞扬跋扈的父亲桓温以及低调内敛的叔父桓冲不同，桓玄志大才疏、色厉内荏。

公元 373 年，一生征战南北、毁誉参半的东晋大司马桓温去世，遵从他的遗愿，其弟桓冲统率其军队，并接任包括扬州刺史在内的大部分官职。本无继承权的桓玄却因为桓温长子被流放而成为了桓温的世子，成了桓家的接班人。桓玄守丧期间，桓冲曾带领其会见了前来吊唁的桓温的旧部将领，并摸着桓玄的头，说道："这是我们家的旧官属呀，以后也都会是你的部下。"七岁的桓玄听后，泪流满面。

在叔父桓冲的庇荫下，少年桓玄走的道路是相当顺畅。但是桓冲的突然离去，让桓玄的生活一下子跌落到了谷底。没有了桓冲的庇护，桓玄只能去建康朝廷谋职。公元 391 年，桓玄被任命为太子洗马，主要是教太子政事和文理，是个边缘化的职位。之后，桓玄出京城任义兴（今江苏宜兴）太守，郁郁不得志的桓玄不由地感叹道："父为九州伯，儿为五湖长！"

不久，桓玄便放弃了义兴太守一职，转而回到了荆州，继承家族的事业。当时的荆州已经不再是桓家一家独大，而是由殷仲堪和杨佺期以及桓玄三分鼎立。桓玄巧妙地利用了殷仲堪和杨佺期之间的矛盾，伺机吞并了他们两家的地盘，统一了荆州。

而后，他又将目光瞄向了建康城内的朝堂，当时朝堂之上，司马元显和王恭争权。司马元显收买了王恭的手下刘牢之，解决了王恭，而桓玄则趁此机以“清君侧”之名，率兵东进。在桓玄收买刘牢之后，司马元显被诛杀，至此，朝廷大权落于桓玄之手。

没多久，桓玄废黜了晋安帝，自立为帝，国号楚。

刚开始，百姓对桓玄期望很高，可是，登基之后的桓玄所作所为，让百姓大失所望。

《晋书》记载：玄（桓玄）闻之大惧，乃召诸道术人推算数为厌胜之法。乃问众曰：“朕其败乎？”吏部郎曹靖之对曰：“神怒人怨，臣实惧焉。”玄曰：“人或可怨，神何为怒？”对曰：“移晋宗庙，飘泊失所，大楚之祭，不及于祖，此其所以怒也。”玄曰：“卿何不谏？”对曰：“辇上诸君子皆以为尧、舜之世，臣何敢言！”玄愈忿惧。

古代皇帝都喜欢追溯祖上，一连要追溯七代，也就是我们统称的“七庙”。但桓玄只追封了他父亲桓温一代，这是当时大臣所不能容忍的。

因此，桓玄称帝后仅仅三个月，以刘裕为首的北府军在京口发动起义，仅仅用了两个月便把桓玄逐出了江东地区。不久，刘裕又率领军队西征，在荆州击溃了桓玄余部，桓玄在流亡过程中被益州刺史所杀。随着桓玄的死亡，他的桓楚政权一夜崩塌。桓温、桓冲终其一生在荆州缔造的“桓氏家族”也由此灰飞烟灭，桓氏子弟或被杀，或流亡。

东吴陆喜乡先罪，五等还应有第三

——悍勇持义义兴周氏

白额长蛇已就戕，不知贾郭更难堪。

东吴陆喜乡先罪，五等还应有第三。

——宋·陈普《咏史下·周处》

这首诗是宋朝陈普写的吴晋之交的大将周处，称其虽能斩蛟射虎，但也难免为朝臣所构陷。义兴周家在六朝风云激荡之际，曾经一度挽救过汉家王朝，却也常被构陷。

看完了琅琊王氏，陈郡谢氏和谯国桓氏家族的相关人物故事，现在我们来看看义兴周氏家族的有关人物故事。这个家族虽然没有成为六朝的豪门，没有频繁活跃于历史舞台，但每当国家在危难之际，这个家族担起了拯救天下兴亡的责任！

国家之钟：周处

早在三国的孙吴时期，东吴的朝政被“吴四家”（陆、顾、朱、张）把持，相对于这些煊赫的大家族，义兴周氏显得很暗淡。然而，“断发赚曹休”这一幕，让周鲂，乃至其身后的家族走进人们视线，而真正打响“义兴周氏”这块招牌的则是他的儿子——周处。

周处，字子隐。义兴阳羡（今江苏宜兴）人，鄱阳太守周鲂之子。周处年少时，纵情放荡。

后来，在陆机、陆云的调教下，周处去掉了身上的痞性，转而成了一个文化人。当时吴国老一辈的人早已作古，后起之秀中的周处能文能武，可堪大用，到了孙皓执政时期，他已经升任为都督一职。只可惜，孙皓经营无道，很快被西晋灭了。

王浑作为西晋的高级将领，竟然将宴会开在了建业宫内，还喊来一帮东吴的臣子，趾高气扬地嘲笑道：“你们这些亡国之臣，居然还能兴高采烈地陪本将军喝酒，没有一点悲伤之感？”这一席话让在座的吴国臣子都羞红了脸，而周处勃然大怒，并站起来高声回应道：“东汉末年分三国，烽火连天战不休。这曹魏可是比我东吴早灭亡了十五年啊，将军你年轻时也做过曹魏的臣子吧，真要说起亡国之悲，恐怕也不仅仅针对我们吧。将军你做了贰臣，尚且能如此趾高气扬，我们怎么不能兴高采烈地喝酒呢?”王浑酒醒之后，惭愧地向周处道歉。

随后，周处在西晋朝廷做官，先是在雍州协调好了当地的民族矛盾，赢得当地百姓的赞扬，又在广汉太守的任上解决了三十多年的疑难大案。紧接着，他深入楚地，促使当地百姓移风易俗，改变了丧葬旧俗。可以说，当时的周处跑遍了半个中国，所到之处都受到老百姓的赞美。

然而，周处的“秉公处理”为他赢得了赞誉，也恰恰因为他的“秉公处理”也决定了他的悲剧命运。

当时的西晋政治混乱，官员醉生梦死，名士崇尚清谈。此时，氐族的齐万年纠集了诸部落起义，朝廷派周处和梁王司马彤一起出兵平叛。

梁王司马彤曾被周处参过一本，所以这次他特地要求朝廷指派他和周处一道去平叛，旨在借刀杀人。西征大军刚到长安，司马彤就催促着周处立刻带兵去攻打齐万年。当时齐万年的前方部队有七万之众，而司马肜只给周处五千步兵。

周处说道：“齐万年七万骑兵，你就给我五千步兵，这仗怎么打？”司马肜轻蔑地说道：“你不是挺能打得嘛，莫不是你贪生怕死？”周处知道司马肜是必除自己而后快，便接着说道：“我周处从出生到现在还从没怕过死，只是，如果战局失利，你又如何面对皇上呢？”

司马肜听后，便说道：“放心吧，你先去和齐万年打，数万大军随后就到。”周处知道他在骗自己，但还是带着部队出征了。

果然，这场仗打得很惨烈，从早上一直打到傍晚，周处的白袍都被鲜血浸染，将士们的刀剑都已经砍崩，可依然不见司马肜的援兵。而周处最终战死沙场，没有辜负当初的誓言，那五千名步兵也是力战到最后一刻，没有一个退缩的。

司马肜一看周处死了，自己的目标达到了，没有继续作战的必要了，连夜溜回了京城。战前，周处对西晋朝廷有一个恳求：家中尚有一老母，客居京城，漂泊无依。如果自己战死战场，希望朝廷能帮其奉养。

周处死后，西晋朝廷追赠他为平西将军，赐他安葬之地，另赐了他母亲的赡养费。司马睿建立东晋后，加封他谥号为“孝”。

国家之矛：周玘

周玘是义兴阳羡人，鄱阳太守周鲂之孙，西晋末年支持司马氏的江南士族首领。据史书记载，周玘有其父周处之风，生性谨慎，从不滥交朋友，深受名士敬重。他起初不应州郡征辟，但因受刺史礼遇，方才应命，出任别驾从事，后又被授为议郎。

周玘步入仕途的时候，国家已经濒临崩溃。公元 303 年，平氏县县吏张昌在江夏发动起义，并在短时间内迅速席卷了整个荆楚大地。而后，张昌派部将封云攻占徐州，石冰攻占扬州，将战火烧到了江东。当战乱波及江东后，周玘首倡义师，与王矩联络江南士族，共推吴兴太守顾秘为都督扬州九郡军事，起兵讨伐石冰。石冰派部将羌毒抵御周玘，却被周玘斩杀。

次年，广陵度支陈敏在芜湖与周玘一同攻打石冰。石冰兵败，北上徐州，投奔封云。封云部将张统反水，杀死石冰、封云，投降周玘，徐州、扬州得以收复。战后，周玘返回乡里，将部队解散，不愿接受朝廷任何封赏。

此时，江东地区又发生了一次叛乱。

这次发动叛乱的是陈敏。此前，陈敏平定石冰后，被拜为广陵相。他自以为勇猛无敌，心生他意，企图割据江东。陈敏与张昌不同，陈敏在平定张昌之乱时积累了一些威望，他的叛乱使得江东地区形势更加复杂。可以说，这时西晋到了最为紧要的关头，如果保不住江东，那日后的南渡计划都将成为一纸空文，而扭转这一局面的任务又落到了周玘肩上。

陈敏在扬州反叛后，大肆拉拢江南士族，并任命周玘为安丰太守，周玘称病不受。周玘暗中联系镇东将军刘准，表示愿为内应，发兵临江。陈敏占据江东后，纵容子弟横行，大失江南士族的民心。周玘讨伐陈敏，陈敏大败，北逃途中在江乘被捕，被斩于建康。由于此次战绩显赫，东海王司马越征辟周玘为参军，朝廷又授其为尚书郎、散骑郎，但他都没有接受。

陈敏叛乱被平定后，以司马越为首的西晋朝廷意识到江东这块领地的重要性。于是，司马越派遣他的盟友，时任琅琊王的司马睿南下，构建迁都基础。然而司马睿刚到江东，便遭遇了一次下马威——吴兴的钱璯反了。

公元 310 年，匈奴围困洛阳，钱璯募集义军，被司马越任命为建武将军，令其与王敦一同率部北上。然而钱璯行至广陵时，因畏惧匈奴，不敢继续前行，便图谋作乱，自号平西大将军、八州都督，转而攻打王敦。王敦丢下兵马，逃奔建康，请求司马睿庇护。

司马睿命人率军征讨，却无人敢与之交锋。这时，周玘再起义兵。他轻兵快进，速败钱璯。司马睿任命周玘为行建威将军、吴兴太守，封乌程县侯。周玘觉得司马睿值得信任，这次便接受了册封。

三年后，因为北方大乱，南渡的中原人越来越多，这些人在北方时都是地方大员，如今来到了江南，自然也是伸手向朝廷要官职。

作为江南本土豪强的领袖，周玘自然是首当其冲的。当时北来的领袖，琅琊王氏掌门人王导裹挟着司马睿心腹刁协，展开了对周玘等江南士族的排挤。

一向刚烈的周玘自然不会坐以待毙，他决定再次举起刀剑，指点江左的未来。于是，他与镇东将军祭酒王恢密谋，欲发动政变，诛杀北方士族，改由江南士族执政。

公元313年，王恢暗中联络流民首领夏铁，让他在淮泗地区起兵，自己与周玘在三吴响应。夏铁聚众数百人，被临淮太守蔡豹察觉。蔡豹趁夏铁尚未起兵之时，抢先将其斩杀，并禀告司马睿。

司马睿虽知周玘谋乱，但对其甚为忌惮，先是征召他为镇东将军府司马，解除其兵权，而后又改授他为其他的职务，让周玘在三吴之地疲于奔命。

这时，周玘的宗族人告知他密谋之事已外泄，他由此明白司马睿的这些任命的意图了。不久，忧愤成疾的周玘便在一间陋室中含恨而逝，时年五十六岁。

周玘死后第三年，王敦因功被封都督江、扬、荆、湘、交、广六州诸军事、江州刺史，成为东晋首位权臣。周玘死后十五年，与周玘一同平定张昌之乱的陶侃被封太尉、都督交州、广州、宁州等七州诸军事，成为了东晋又一位权臣。假使周玘能隐忍一时，或许成就不亚于这两位。

国家之盾：周文育

周文育，字景德，义兴阳羡人，是南北朝时期陈朝开国大将。

周文育是个孤儿，和母亲相依为命。一次偶然的机会，他被义兴周氏的周荟相中，收作义子。当然，能被大户人家看上的穷孩子肯定是有一技之长的：周文育水性极好，十一岁便能游数里，跳五六尺高。

然而，更让周荟惊奇的还在后面，周荟请人教周文育读书识字，哪知道他居然说："这东西不值得学，求富贵还得手拿大槊!"听到这话，大家会不会觉得似曾相识？没错，当年楚霸王对于读书识字也是这个态度。

后来，周荟接到上级白袍将军陈庆之的命令，去慰劳偏远的部族，便带上了周文育。然而，周荟发现这些部族想擒拿他，于是周荟便与其激战，被杀。周文育便冲入军营中，抢回了周荟的尸首。

突围成功的周文育也是身受重伤，养好伤后，便向陈庆之请求带着周荟的尸首回义兴，陈庆之出于同乡之谊，袍泽之情，再加上也很喜欢周文育，便厚礼相赠，送其还乡。

安葬了周荟之后，周文育南下广州，做起了南海县县令。可是好景不长，周文育的恩主卢子雄被交州刺史萧咨所害，含冤而死。萧咨是当时梁朝的皇亲国戚，没人敢吭声。

然而，周文育得知恩主被害的消息后，便与另一名将领杜僧明扯旗反了朝廷。萧咨吓得跑到广州刺史萧映那里寻求庇护，而周、杜二人立刻兵围广州城。在那里，周文育、杜僧明碰到了一个硬茬——

陈霸先，哪知道平日里自恃勇力过人的周、杜二人居然先后被陈霸先擒获。

本以为必死无疑的周文育、杜僧明，哪承想陈霸先竟然爱才，顶着朝廷的压力释放了他们，并收于帐下，重情义的周文育自此以后跟着陈霸先南征北战，立下了汗马功劳。

公元550年，陈霸先起兵讨伐侯景。周文育先克兰裕，救下欧阳頠。后又在南野（今江西赣州）大战蔡路养，收降萧摩诃。紧接着，周文育随陈霸先北上，屡败高州刺史李迁仕，将其势力范围从广东省南部扩展到了今天江西省北部。

公元551年，周文育击退侯景部将王伯丑，占据豫章（今江西南昌）。

公元552年，陈霸先命杜僧明与周文育为前锋，扫平南陵（今安徽芜湖）、鹊头（今安徽铜陵）等城。到姑孰（今安徽马鞍山）后，周文育又击败侯景部将侯子鉴。至此，侯景对长江的控制权被全部夺回，侯景不得不退至建康城内。不久之后，陈霸先的北伐军与王僧辩的东征军胜利会师，将侯景击败。

然而，正当人们以为战争即将结束时，承圣三年（公元554年），西魏派遣杨忠突袭梁朝都城江陵，皇帝萧绎被活捉。而后，身处建康城的王僧辩成了当时梁朝的最高掌权者，可他竟然想将江南的大好河山拱手让给北齐，并企图与之勾结，对陈霸先进行联合绞杀。关键时刻，陈霸先当机立断，联合周文育等一批将领一举击杀了王僧辩。可是，王僧辩一死，余部纷纷反叛，陈霸先不得不派人征讨。

陈霸先命周文育与侄子陈蒨会师吴兴，围困王僧辩女婿杜龛。公元556年，杜龛被杀。随后，周文育又渡江袭击会稽太守张彪，经过一番苦战，张彪被杀。

正当前线高奏凯歌之际，王僧辩旧部将徐嗣徽突然打开长江防线，引北齐军南渡，攻击建康城，陈霸先不得不召回周文育。

当时，徐嗣徽部将鲍砰独乘一艘小船阻住了长江口，前去迎敌的将领都一个个死于鲍砰刀下，对此，周文育怒不可遏。他划着一艘小船迎战鲍砰，经过几番较量，将鲍砰首级斩下，军心由此大振。

随后周文育汇合陈霸先，准备再战徐嗣徽。两军交战前，忽起大风，陈霸先说："兵法说，逆风不能交战。"周文育说："如今事情紧急，应当赶快决断，不应依照兵法行事。"说罢提槊上马，率兵进军。周文育一举击溃徐嗣徽，夺回了长江控制权。

经过陈霸先等将的浴血奋战，历经数月，终于将北齐军全部消灭。

击败北齐后，周文育又在随后的战争中为陈霸先屡立战功。公元557年，广州刺史萧勃举兵反抗陈霸先，周文育奉命前去讨伐。随后周文育击破余孝顷，擒获欧阳頠，傅泰。不久，萧勃被部将谭世远斩杀。

公元558年十月，陈霸先派周文育、周迪、黄法抃前去讨伐余孝顷之子余公飏、弟弟余孝劢。

公元559年，周文育命吴明彻率水军为周迪运粮，自己率军入象牙江，驻扎在金口。余公飏诈降，想趁机抓住周文育，但被周文育察觉，被其擒拿。周文育将余公飏囚送至建康，然后由陆路进据攻三陂。

然而，在关键时刻，豫章内史熊昙朗突然反水，将周文育杀了，时年五十一岁。陈霸先得知周文育死讯，为其举哀。当时已经重病缠身的陈霸先出席了周文育的葬礼，追赠其侍中、司空，赐谥忠愍。

第五章　将星闪烁

徒向濡须欲受降，英雄才略独无双

——千载谁识曹子孝

徒向濡须欲受降，英雄才略独无双。

天心不与金陵便，高步何由得渡江。

——唐·胡曾《濡须桥》

此诗是以咏史诗闻名的胡曾所作，诗中提到的是曹魏与东吴的濡须之战，这场战役打消了曹魏攻灭东吴的念头。在濡须之战中，有一个人不得不提，他就是曹仁，濡须之战既是曹魏的伤心之战，也是曹仁的伤心之战。

曹仁（168年—223年），字子孝，沛国谯（今安徽亳州）人，曹操从弟（从祖弟）。三国曹魏名将，官至大司马，封陈侯。曹仁好弓马骑射，少时不修行检，及至长成为大将，则变得严整，奉法守令。

从曹操多年，为曹魏立下汗马功劳。

曹仁出道很早，黄巾农民起义爆发后，朝廷曾下诏各州郡豪强可自行募集兵马。而曹操起家的数千人马中，曹仁与夏侯惇、夏侯渊兄弟各领一千余人。曹仁游于淮河、泗水间，聚集了千余名豪杰，归附了曹操。也就是说，曹操刚起兵的时候，一半的兵力来自曹仁。而当时曹仁只不过是十六七岁的小伙子。

曹操早年几次征伐徐州，曹仁都是开路先锋。

曹操赤壁之战失利后，决心固守来之不易的北方，从而将全国划分了五个区。除了北方的代北地区和辽东地区，剩下三个区都在南方，其中两个主要针对东吴——江淮地区和荆州地区，一个针对蜀汉——雍凉地区。而这南方三个区中，作为核心枢纽的荆州地区便是由曹仁负责。

曹仁第一次显身手的是追随曹操南征徐州之时。徐州牧陶谦在曹操的强大攻势下，损兵失地，而贡献最大的则是曹仁。紧接着，曹仁便遇到了生平第一个劲敌——吕布。历史上的吕布虽然没有电视剧《三国演义》中描绘得武艺天下无双，可也算得上是一方诸侯，尤其是吕布成功偷袭兖州，沉重打击了曹操。

在曹操回师兖州的过程中，曹仁一马当先，拿下了句阳重镇并生擒吕布将领刘何，曹仁的这一战成了反击吕布的一个关键点。而后曹操顺利收复了兖州，驱逐了吕布。不久，北方势力最强的袁绍带领七十万大军征讨曹操，曹操带上曹仁在内的众将领与袁绍鏖兵官渡。当时曹操的后方不稳，先是袁术残部刘辟滋扰许地，而受到袁绍资助的刘备也出兵隱、强诸县。为此，曹操很忧虑，可曹仁却说："南方诸县以为我军当下有官渡之急，不能解救他们，而刘备此时以大军压境，他们的背叛是正常的事。但刘备刚刚带领袁绍的官兵，还未能得其所用，一击便可破。"曹操同意其言，于是令曹仁遣骑兵攻打刘备，将其击走，复收各个州县。后来，袁绍遣部将韩荀断曹军西道，却被曹仁破之于鸡洛山。曹仁又与史涣等截获袁绍运粮车，尽烧其粮。

可以说，正是曹仁解决了曹操与袁绍对峙时的后顾之忧，确保了曹操在官渡之战的胜利。紧接着，曹操在赤壁之战被孙刘联军击败后，守卫曹操领地南大门的重任再次落到了曹仁肩上。当时的荆州为曹、刘、孙三家分割，曹操占据了荆州北部，刘备占据了荆州西部，而孙权趁机拿下了荆州东部。曹仁协同徐晃等人，守备荆州的南郡。对此，《三国志》中记载了曹仁一段神乎其神的事迹。

“瑜将数万众来攻，前锋数千人始至，仁登城望之，乃募得三百人，遣部曲将牛金逆与挑战。贼多，金众少，遂为所围。长史陈矫俱在城上，望见金等垂没，左右皆失色。仁意气奋怒甚，谓左右取马来，矫等共援持之。谓仁曰：‘贼众盛，不可当也。假使弃数百人何苦，而将军以身赴之！’仁不应，遂被甲上马，将其麾下壮士数十骑出城。去贼百余步，迫沟，矫等以为仁当住沟上，为金形势也，仁径渡沟直前，冲入贼围，金等乃得解。余众未尽出，仁复直还突之，拔出金兵，亡其数人，贼众乃退。矫等初见仁出，皆惧，及见仁还，乃叹曰：‘将军真天人也！’三军服其勇。”

这段说的是当时周瑜领军来犯，结果曹仁先是派先遣队上前拼杀，眼见该先遣队即将被周瑜消灭，曹仁只带了十几个骑兵出城救援。官兵以为曹仁出城只是做做样子，哪知道曹仁直接冲入万军之中把先遣队的将领牛金给救了出来，有些士兵还未能突围，他又再次冲杀进去救人。

打退了周瑜还不算，曹仁又和蜀汉的关羽直接交锋了。当时关羽进攻樊城的时候，调集了蜀汉在荆州地区的绝对兵力，且水淹七军，把赶来支援曹仁的于禁擒拿了。由于遭到水淹，当时曹仁的处境相当危急，城内将士锐减到数千人，粮食也所剩无几，援兵尚未赶到。曹仁激励将士，并表示了誓死守城的决心，将士们被他的精神所感动，都一心守城。不久，徐晃带援兵赶到，大水也渐渐消退了，徐晃从外围向关羽进攻，曹仁从内突围，最终击退关羽。

说到这里，曹仁似乎应该是一位不逊于关羽的名将了。可是，为何千载之后，他的名声非但不如关羽、张飞，甚至都没马超或黄盖显赫呢？

留守荆州，固然是曹操对于曹仁的厚爱和信赖，但这也在一定程度上限制了他攻城略地以扬威的机会。与曹仁对峙的关羽不是泛泛之辈，曹仁虽然不惧他，但也不敢轻易和他交战。

关羽为何更出名？《三国演义》中温酒斩华雄，三英战吕布都是虚的，但是斩颜良，千里走单骑，水淹七军这是事实。尤其是，颜良作为河北上将，居然被刘备帐下的关羽所杀，可谓传奇！

黄盖是追随孙坚之时的老将了，现在人们能够记住他的，也只是赤壁之战中的苦肉计，黄盖这一出计策是赤壁之战胜利的关键条件之一，自然也能传于后世。至于他早年追随孙坚、孙策，虽然立功无数，但仍属于默默无闻之人。

当然，让曹仁默默无闻的还是在于他晚年的一场败仗。

在刘备与东吴夷陵之战战败后，曹丕立即对东吴发起了全面进攻，曹仁、曹真、曹休分别从三个方向进攻东吴，其中曹仁负责进攻濡须。濡须这个地方是曹操的伤心之地，也是周泰舍命救主的成名之处，此后周泰便在濡须驻防。而此时周泰已死，接替周泰镇守濡须的不过是东吴一位名不见经传的将领朱桓。

面对这样一位不出名的小将，久经沙场的曹仁应该很快能破之，事实却出人意料。起初，曹仁比较谨慎，并没有盲目发动对濡须的攻击，而是先派遣将领蒋济佯攻羡溪，用以分散朱桓的兵力，然后派遣儿子曹泰，直接进攻朱桓。朱桓果然中计，分兵去救援羡溪。此时，朱桓只剩下五千人，来抵御曹仁主力的进攻。

因为敌强我弱，朱桓的将士都非常害怕，然而朱桓临危不乱。此时曹仁可以说是占尽优势，但却不知道是故意求稳还是大意了，他竟然又派出一支部队，进攻濡须的后方洲中，企图前后夹击朱桓。

此时，曹仁似乎没有考虑到去洲中是要走水路的。朱桓的位置在濡须水上游，而洲中在下游，曹仁的部队顺流而下，进入吴军腹地，无疑是自取灭亡。曹仁部下蒋济认为此举有风险，但曹仁不听蒋济的劝阻，执意派遣常雕、王双进攻洲中，结果被朱桓轻易击败，常雕战死，王双被擒。

结果曹魏将领中资格最老、地位最高的曹仁，居然被东吴一个小小的朱桓击败了，一夜之间，朱桓名动天下，曹仁名誉扫地。

濡须之战是曹仁生平的最后一战，然而曹仁在此次战中的表现，真不如曹真、曹休这两个后辈。可以说，曹仁一着不慎，毁了一世英名。之后不久，便去世了。

道御英雄无不可，豫州翻向益州来

——马超的悲喜人生

徐元直去马超来，顾惜三纲又爱才。

道御英雄无不可，豫州翻向益州来。

——宋·陈普《蜀先主》

这首诗是宋代陈普吟诵先主刘备的，诗中提到了两个人，一个是徐庶徐元直，另一个是马超马孟起。称英雄临世，自有贤才辅弼，如刘备即使失去了豫州，亦可在益州建立起一番伟业。而作为刘备入蜀的头号功臣马超，他的人生同样是波澜壮阔。

马超，字孟起，扶风茂陵（今陕西咸阳）人。从马超祖辈开始，他们马家就已经扎根于凉州一带了。凉州地区大致就是今天的甘肃省一带，那时候算得上是汉朝的边陲了。但是，到了东汉，居住在凉州一带的羌族开始陆续起义，由此，汉王朝与羌族时战时和，前后延续了近一百年。

正是由于长期与羌族混居，马超的父亲马腾娶了羌人为妻，生下马超。东汉末年，黄巾农民起义爆发，羌人随着董卓离开凉州而再次变得不安定。新一任的凉州刺史耿鄙更因为是一个竭泽而渔的贪官污吏而被他手下杀死，而在耿鄙手下任职的马腾、韩遂、王国等人趁机联合起来，另立门户。但是他们很快遭到朝廷的讨伐，王国被杀，马腾、韩遂也随之决裂。

到了董卓专权后，他便开始调停马腾、韩遂之间的矛盾并邀他们一同入京。可是当他们刚到长安就遇到了董卓被杀，李傕、郭汜成了长安城的控制者。马腾、韩遂觉得臣服于李傕心有不甘，于是再次另立门户，想杀死李傕、郭汜。

因董卓给李傕、郭汜留下了相对殷实的家底，马腾、韩遂一时打不过李傕、郭汜，只得逃亡凉州。不久，马腾、韩遂臣服了以李傕、郭汜为代表的东汉。到了公元199年，曹操成了关中地区代表东汉的掌权者，他委派司隶校尉钟繇持节都督关中诸军，顺带招降了马腾、韩遂。

马超就是在这个动乱之时出生的。长大的马超，经常跟着父亲南征北战。在与匈奴的一次交战中，马超腿部中箭，他只是简单地用布包扎了下便继续作战，丝毫没有退缩，结果大破匈奴，迫使呼厨泉投降。马超首战成名，曹操想招揽他，先是邀其入朝为官，而后又封其徐州刺史、谏议大夫，但都被马超拒绝了。

不过，面对曹操的招揽，一辈子在凉州地区翻云覆雨的马腾却答应了，除了马超外，马腾的两个儿子马休、马铁也跟着父亲一起入朝做了官。

公元 211 年，曹操一个不经意间的举动，引爆了马超内心深处反叛的火焰。当时凉州是马超、韩遂的领地，益州是刘璋的领地，他们在名义上都已经归顺了曹操，可唯独汉中的张鲁却不向曹操低头，于是曹操准备派兵拿下汉中。

可是，由于汉中夹在凉州和益州之间，进攻汉中必须经过凉州，这让马超认为曹操实际上是假虞灭虢，早晚会消灭自己。于是马超联合韩遂等凉州各部，反叛曹操。

马超的这一举措全然不顾在朝中的父亲，并对韩遂说道："今超弃父以将军为父"。马超反叛后，曹操火速派最善战的曹仁前去平叛，而后自己亲率大军西征。曹操亲自率军从潼关北渡，前队刚过，曹操和许褚以及虎士百余人断后，马超突然率领一万骑兵杀到，全军大乱。许褚、张郃等将领，见事不妙，将曹操赶紧架起，急忙渡河，马超率领骑兵在后追射，箭如雨下，许褚一手用马鞍挡箭，一手撑杆，拼死救出曹操。劫后余生的曹操也不由得惊叹："马超小儿不死的话，我恐怕连葬身的地方都没有了。"

之后，曹操巧施反间计，成功调拨了马超和韩遂的关系，并对他们发起反攻，在渭南一带大败西凉联军，程银、李堪等战死。此战之后，马超并没有被杀得四处奔逃，相反，他在曹操因后方不稳，短暂回师后，又一次席卷了凉州，迅速兼并陇上诸郡县。汉中张鲁派大将杨昂相助马超，共集结万余人，围攻凉州刺史韦康于凉州治所冀城。

曹操留守的夏侯渊和张郃等将，面对马超的卷土重来，夏侯渊率军救援却被击败，只得率军退守长安，两年不敢西进。在这两年，马超走向了人生巅峰，主宰整个凉州地区。但也是在这期间，他的父亲及兄弟被曹操全部杀死。

公元 213 年，马超的部下杨阜趁着马超外出平叛之时，关闭城门，杀死了城内马超的家眷，起兵反叛。马超进退两难，又面临夏侯渊的大军来袭，无奈之下只得投奔汉中的张鲁。寄人篱下的马超常被张鲁猜忌，马超只能逃到氐族。

这时，刘备入川。为了拉拢马超这支力量，他派李恢接洽马超。然而，刘备接纳马超，只不过是想依靠马超的威名帮他攻打益州。果然，马超威震西北的名气起到了作用，当听闻马超已经归附刘备，成都城中人人自危，鏖战了两三年的蜀中将领，竟在马超到来十天之内就投降了。

四年后，刘备与曹操鏖兵汉中，马超更是大显神威，依靠昔日的威信，煽动氐族归附刘备，增强了刘备的军事力量。经过一年多的鏖战，刘备收复汉中。公元 219 年，以马超为首的一百二十余名蜀汉官员联名上疏《立汉中王上表汉帝》，劝刘备进汉中称王。刘备称王后，迁升马超为左将军，假节。

后来，刘备发动的夷陵之战都未曾显现马超的身影，可见归附刘备后，马超便被闲置了。但相关史料中仍有提及与马超相关的两件事。

《山阳公载记》记载：马超刚投降刘备的时候，刘备很厚待马超，马超半生诸侯礼仪不当，经常直呼刘备的表字，关羽非常愤怒，请求杀了马超，刘备劝解：“马超穷途末路来归附我，就因为直呼我的表字，而把他杀了，以后怎么面对天下。”张飞也劝解：“这样的话，用礼仪做给他看，他就明白了。”次日的早上大会，请马超来的时候，关羽、张飞持刀直立在刘备两旁，马超环顾身边座位，不见关、张，却看到关、张持刀直立于刘备两旁，非常惊讶，从此再也没有直呼刘备的表字。之后叹气说：“我才知道为什么我半辈子会颠沛流离了，直呼主公的表字，差点被关、张杀了。”

然而，南朝宋史学家裴松之认为，马超既然在穷途末路时归降刘备，接受了刘备授予的爵位，怎么会傲慢到直呼刘备的表字？关、张直立刘备身后，马超就想到是因为自己直呼刘备表字等，所以裴松之认为此事不可信。

另一件事则记载于《三国志》，建安二十五年，蜀汉名臣彭羕听说刘备调自己远出任职，心里很不高兴，于是便去会见马超。马超对彭羕说：“您的才干超群拔萃，主公对您很器重，说您可与诸葛亮、法正等人并驾齐驱，怎么会让您外任小郡之职？”彭羕说：“这个刘备，荒唐无理，还有什么可说！”又对马超说：“您是外放官，我是内应，天下不会平定不了。”马超半生为枭雄，归顺刘备，寄人篱下后常心怀畏惧之感，听到彭羕说出此话，便默不作声。彭羕走后，马超便将彭羕的话如实上报，于是彭羕被刘备逮捕囚禁，并听诸葛亮意见处死了彭羕。

这两件事情无论是真是假，我们都可以从中觉察到，当初那个不可一世，张扬霸气的马超在归附刘备后是一个唯唯诺诺的人。马超战征半辈子，当他多年后回首才发现，当初与他同时代的那些人，有的成了一方霸主，有的成了一国肱骨，而唯独他孑然一身。

塞上长城空自许，镜中衰鬓已先斑

——国家之盾檀道济

早岁那知世事艰，中原北望气如山。

楼船夜雪瓜洲渡，铁马秋风大散关。

塞上长城空自许，镜中衰鬓已先斑。

出师一表真名世，千载谁堪伯仲间。

——宋·陆游《书愤五首·其一》

作为两宋之交的爱国诗人陆游，他的很多诗除了抒发自己拳拳的爱国之情外，更多表现的是对现实的不满。

这首诗的首联便是陆游的一声长叹：年轻时的胸怀大志，可怎知世事之艰难，那豪情只需要望望北面沦陷的中原便如山涛般地澎湃。这颔联两句则是说南宋和金在江淮地区和西北地区两个战场战事胶着。众所周知，南宋基本是以淮水—大散关一线和金分而治之，身处第一线的将士从未感受到安定，相反他们需要为护佑来之不易的安定而战！颈联两句则用到了檀道济的典故，即诗文的主人公。尾联亦用典明志。

也许，大家对檀道济并不熟悉，但是肯定知道《孙子兵法》《三十六计》。由于清朝一位学者将这两部兵书合并成了一部书，导致很多人都认为，《孙子兵法》《三十六计》都是孙武写的。其实，《三十六计》的作者是南朝宋的檀道济，时人称："檀公三十六计，走为上策"。有人说，这句话是褒扬檀道济的，也有人称这是戏谑檀道济的。

公元 430 年，平定内乱没多久的宋文帝刘义隆起兵北伐，准备收复自己兄长宋少帝在位时被北魏窃取的土地。然而，北伐的领军人物刘义隆并没有选择威望甚好的檀道济，而是选择了在早年荆州开府时陪王伴驾的到彦之。

到彦之做事谨小慎微，做辅助性工作是绝对的好手，可将这样一件事关国家命运的兵权交到他手上，显得有些所托非人了。当时北魏的拓跋焘眼见宋军来势汹汹，便准备利用自己骑兵的优势，在宋军主力到达前撤出河南。而宋军以兵不血刃之势收复河南，欣喜之时，分兵驻守，结果正中拓跋焘下怀。时值冬季，黄河水结冰了，拓跋焘下令骑兵踏冰而来，围住了分散在各处的到彦之部队。

最终，到彦之溃不成军。面对前线失利，刘义隆只得再次任命檀道济都督各路军。可是，一向被寄予厚望的檀道济在面对魏军强大压力之下，也未能扭转战局，随着军粮吃紧，只能撤军。

撤军途中，檀道济军中的一个士兵逃到魏军营中投降，把宋军缺粮的情况告诉了北魏的将领。北魏立即派出大军追赶檀道济，想把撤退的宋军围困起来。宋军看到大批魏军围了上来，军心不安。檀道济却命令将士就地扎营休息。当天晚上，檀道济亲自带领一批管粮的将士在宋营里查点粮食。一些将士，手里拿着竹筹，唱着计数。另一些将士，用斗子在量米。

魏军探子偷偷地向营里一望，只见一个个米袋里都是满满的。他立即报告主帅，说檀道济军营中的军粮还绰绰有余，现在不能跟檀道济决战。魏将得到情报，以为前面来告密的宋兵是假投降，把投降的宋兵杀了。其实，檀道济在军营中量的并不是白米，而是沙土。最终，檀道济凭借“唱筹量沙”之计顺利退兵。

这一次征战，让魏军真正认识了这位杰出的帅才，但也让宋文帝再次对他产生猜疑。那么，刘义隆何以对这样一个肱股之臣如此不信任呢？这还要从数年前的一场政变说起。

早年，檀道济追随刘裕南征北战，立下了不少功劳，虽然在刘裕的旗下没有王镇恶、沈田子耀眼，但也顺利避开了关中的斗争，保全了自己的性命。等到刘裕称帝的时候，抬眼一看，朝中可作肱骨的将领所剩无几了。于是，檀道济作为唯一一个武将出身的托孤重臣进入权力中心。

然而，刘裕的长子刘义符在位一年，耽于玩乐，还让北魏趁机占了河南大片土地。四位顾命大臣徐羡之、傅亮、檀道济、谢晦或为了国家命运，或是为了自身考虑，发动政变，废黜了宋少帝，迎立宜都王刘义隆登基，也就是后来的宋文帝。

对于这四位顾命大臣，刘义隆的心情可以说相当复杂，一方面感谢他们把自己扶上皇位；另一方面，担心他们有一天也会废黜自己。

于是，宋文帝在坐稳皇位后所做的第一件事情，便是将四位顾命大臣中滞留在京的徐羡之、傅亮杀掉。而后，宋文帝又启用檀道济前往征讨另一个占据荆州的顾命大臣——谢晦。谢晦虽然也有些战谋，但是与行伍出身的檀道济一比，那就逊色得多了，所以很快被消灭。

在檀道济平灭谢晦之后，陶渊明寓居江州，而江州正好是檀道济的辖区。早年，檀道济与陶渊明相识之时，陶渊明是东晋的官僚，而檀道济只是一个小兵，而如今，一个已经成了垂垂老矣的野翁，一个却是权倾天下的名将。

檀道济考虑到陶渊明生活较为拮据，心中甚是挂念，于是，专门打了几斤好酒和买了一些他喜欢的美食，亲自到他家访问。

陶渊明的居室相当的破败，同时他贫病交加。檀道济看后，心中一片酸楚，就忍不住地劝他说："贤者在世，天下无道则忍，有道则至。今子生文明之世，奈何自苦如此？""潜也何敢望贤，志不及也。"陶渊明回答道，很坚决地拒绝了檀道济送的酒、肉。

这段话说得很费解，檀道济对陶渊明说："贤者生存在世间，天下统治无道，那就归隐山野；天下统治有道，应该出来做官。现在你生于这个有道的文明之世，为何不出来做官呢？"陶渊明只是淡淡地说："我陶渊明怎么能和圣贤相提并论呢，志向根本赶不上啊。"

可惜，檀道济全然没有悟出其中的意思，他只是把陶渊明看成是有风骨的文人。公元432年，檀道济因屡立战功，被封为司空，镇浔阳。但是檀道济并未因此而外出就藩，依旧留守朝中。而这几年是刘义隆人生的低谷，身体不好，外加此时的朝中大权托付给了刘义康，檀道济的威胁性陡然上升。公元436年，刘义隆病重，代其执政的刘义康担心皇兄一旦有什么不测，檀道济一定会谋反，于是矫诏檀道济入朝。临行前，其妻劝檀道济说：“震世功名，必遭人忌，古来如此。朝廷今无事相招，恐有大祸！”檀道济不听劝告，说：“我率军抵御外部势力，镇守边疆，从没有辜负朝廷，朝廷又怎么会辜负我呢?”

结果，檀道济一到建康，就被刘义康抓捕。檀道济被抓时，狠狠地把头巾扯下并摔在地上，说：“乃复坏汝万里之长城!”最后，檀道济与其子，及薛彤、高进之等亲信将领在建康被处死。消息传到北魏，魏军将领拍手称快：“檀道济一死，南方就再没有可畏惧的人了!”

刘义康虽然是矫诏诓骗檀道济来京的，但下斩杀令的却是刘义隆。

然而，历史证明，檀道济所言非虚。檀道济死后，刘宋王朝在与北魏的交战中始终处于被动。公元450年，刘义隆第二次挥师北伐却遭到北魏反逼，北魏一直打到了长江北岸的瓜步（今江苏扬州），刘义隆登石头城北望，面带忧色，长吁道：“如果檀道济还在，不会到这个地步!”可惜的是，檀道济再也无法像万里长城那样守卫南朝宋了。

后记

诗心未改贯古今

穿过历史漫漫云烟，“王侯将相在何方”也是“一堆荒冢土没了”。“文人墨客何处寻”都作“各领风骚数百年”。

都似惊鸿照影来，姹紫嫣红开边，都付了断坯颓墙。

生于斯，长于斯。文史“本是同根生”，行影不分离。那时“采菊东篱下”的闲适，“诗句夜裁冰”的雅致；那年“烽火连三月”的触目惊心，“天子坐明堂”的君臣尊卑，都一晃如隔世。

“天下分久必合，合久必分”，王朝的变迁，增添了诗歌中的生离死别的痛彻心扉。穷兵黩武，秦王伐役，换取百姓乱世烟火里的半生流离。“遗民泪尽胡尘里，南望王师又一年”，痛王的乐不思蜀，恨臣的苟且偷安；“去时里正与裹头，归来头白还戍边”，哀民的身不由己，痛君的劳民伤财。“醉卧沙场君莫笑，古来征战几人回？”朝朝暮暮，难忘父母送儿上战场，到头不闻爷娘唤儿声，但闻燕山胡骑鸣啾啾，于是“将军百战死，壮士十年归”。我仿作过一首：“圣赐御酒群将饮，庵庐举醢庆攻城，将军乐极不思蜀，沙汤鏖战刀戟声”。将军的贪生怕死，让士卒血肉筑城，白骨露野，浓缩了一首痛彻心扉的十四个字：“可怜河畔无定骨，犹是春闺梦里人。”“一曲梳洗罢，朝起望江楼，望尽千帆皆不是，肠断白蘋洲，一面青海头，古来白首无人收，新鬼含冤旧鬼哭。”

“普天之下，莫非王土”，无上的皇权许给诗歌的是关于时代的多样人生。成者为王，败者为寇，城中之大，极天之后，王朝换代，与诗歌休戚相关。“夜半无穷意，心为念万方”，帝王的心系苍生，换取路不拾遗，夜不闭门的太平盛世。“暖风熏得游人醉，直把杭州作汴州”，帝王的花天酒地，乐不思蜀，换来的却是“烽火连三月，家书抵万金”的凄凉，国兴与败王，贤与昏，筑就心怀天下者诗的喜与悲，“报君黄金台上意，提携玉龙为君死”，是忠；“黄沙百战穿金甲，不破楼兰终不还”，是义；“不畏浮云遮望眼，只缘身在最高层”，是勇；“举世皆浊我独清，众人皆醉我独醒”，是明。血肉前程，何贵何尊，读来让人泪湿长襟。难忘文天祥“人生自古谁无死，留取丹心照汉青”的忠义两全；难忘诸葛亮“三顾频烦天下计，两朝开济老臣心”的鞠躬尽瘁。“生亦我所欲也，义亦我所欲也；二者不可得兼，舍生而取义者也”，不乏以作奸犯科，以致“青山有幸埋忠骨，白铁无辜铸佞臣”。亦不乏涉及“总是忠心如弃履，都怜巧谏胜舌簧”，以致“王望臣死不由己，甚定须无罪亦亡。敢问后生修史令，笔提奸佞或贤良？”

与明轩公子的结识亦缘于诗词，亦缘于史，喜读《红楼梦》的我亦曾被他当年所写的《拟云中歌十二钗判词》所吸引，“寻章摘句老雕虫，晓月当帘挂玉弓。”诗词的研读与创作确实离不开经年日久的火候，同样，历史亦如此。这本书是明轩公子第一次跳开王朝的兴衰，转而蕴史于诗词的尝试，也希望同样能启发各位热爱文史的朋友，在历史与诗词的书海中徜徉。

诗人　穆清（本名陆篆南）